KB170785

나 홀로
이세계 플레이어

나 홀로 이세계 플레이어 5권

초판1쇄 펴냄 | 2020년 08월 17일

지은이 | 위대한폭군
발행인 | 성열관

펴낸곳 | 어울림 출판사
출판등록 / 2009년 1월 23일 제 2015-000062호
주소 / 경기도 고양시 일산동구 무궁화로 43-55, 801호 (장항동, 성우사카르타워)
TEL / 031-919-0122
FAX / 031-919-0127
E-mail / 5ullim@hanmail.net

ⓒ2020 위대한폭군
값 8,000원

ISBN 978-89-992-6758-1 (04810)
ISBN 978-89-992-6504-4 (SET)

※ 저자와의 협의하에 인지를 붙이지 않습니다.
※ 이 책은 어울림 출판사와 저작권자의 계약에 의해 출간되어 저작권법의 보호를 받습니다.
※ 잘못된 책은 구입하신 곳에서 교환하여 드립니다.

5

나 홀 로
이세계 플레이어

어울림

위대한폭군 퓨전판타지 장편소설

목차

그와 그녀 6

사자생환(死者生還) 19

거래 33

해적의 법칙 46

눈을 뜨다 59

제국의 심판관 72

생각지 못한 방문자 84

블레이드가 되는 길 97

죄수호송차 습격 작전 109

그들의 존재 121

한밤중의 습격 133

죄수 탈환 (1) 146

죄수 탈환 (2) 159

호적수 173

생사결 186

블레이드 후보의 진면목 201

어나니머스로 212

무대의 마스터 225

어나니머스의 시험 237

시험의 시작 249

어나니머스의 무대 262

검사의 경지 274

그와 그녀

디카리온 도시에서도 서쪽 외곽에 위치한 곳.

파도가 워낙 거센데다 주변 경사도 가파르기 때문에 많은 위험이 존재하는 곳이었다.

무엇보다 디라키온 시민들이 이곳으로 발길을 끊은 가장 큰 이유는 바로 해적들의 존재였다.

몇몇 해적들은 한 번씩 이곳에 배를 정박해두고 있었다.

해적들이 이 장소를 부르는 이름은 바코. 쉼터라는 뜻이었다.

그리고 이 바코에 어울리지 않는 복장의 사내들이 다

가왔다.

한쪽에서 불을 쬐던 해적들은 낯선 이들을 경계하긴 커녕 오히려 그들에게로 다가가고 있었다.

해적들의 선두에 선 사내가 먼저 입을 열었다.

"바쁘신 분께서 여기까지는 어쩐 일이오?"

"나도 이 냄새나는 곳에 들리고 싶진 않았다. 그러나 나에게 보고하질 않으니 이 멀리까지 와봐야지 별 수 있겠나?"

얼굴을 가린 사내가 짜증 섞인 목소리로 답했다.

그러자 해적, 로만슨이 헛웃음을 흘렸다.

"내가 당신에게 보고까지 해야 하는 건가?"

"당연한 것 아닌가? 일이 어떻게 흘러갔었는지를 알아야 내가 다음 행동을 취할 것 아냐!?"

"가서 경고만 주라고 해서 경고만 주고 왔지. 그게 다요."

"정말 그게 다인가?"

사내가 되묻자 로만슨이 인상을 찌푸렸다.

"그럼 뭐가 더 있겠소? 앞도 못 보는 그런 병신 하나 때문에 나 로만슨이 직접 움직였다는 게 아직까지도 쪽 팔려 죽겠구만. 그쯤하고 돌아가쇼."

"허…!? 기껏 바다 위에나 떠도는 해적 따위가 싸가지 없이 입을 놀리는 것 좀 보게. 네놈들이 누구 때문에 디라키온 도시에 이처럼 아무렇지도 않게 머물 수 있었는지 까먹은 모양이지?"

"큭큭… 이봐. 당신이 아니더라도 그만큼 돈을 처먹었으면 누구라도 우리에게 이 정도의 배려는 해줬을 거다."

"배려!? 하! 이걸 지금 배려라고 표현한 거냐!?"

"그럼 아닌가!?!? 우리도 네놈을 배려해서 특별히 디라키온 놈들을 건드리지 않는 거다. 우리가 마음만 먹었으면 이미 디라키온은 약탈의 도시로 바뀌었을 거다."

로만슨의 말에 사내가 똥 씹은 표정을 지었다.

부정하고 싶지만 로만슨의 말이 아주 틀린 것은 아니었다.

지금이야 서로의 이익을 위해 손을 잡은 상태지만 이전에는 해적들의 약탈이 잦은 도시였다.

저들이 바다 위에서 본격적으로 약탈을 시작한다면 디라키온 도시로선 다시 골머리를 앓아야 했다.

"쯧……."

사내가 혀를 차며 이만 몸을 돌렸다. 그러자 로만슨이 입꼬리를 말아 올렸다.

"겨우 그런 일 정도로 온 건가?"

"그래."

"큭큭. 그러지 말고 차라리 내게 맡기는 것이 어떻겠나? 나는 해적이다. 원하는 것이 있으면 빼앗으면 그만이야. 그러니 그 여자를 납치해서 다시 네게 건네주겠다."

"말 같지도 않은 소릴… 도시에서 그런 일이 벌어졌다간……."

"여기 바코가 있질 않나? 이곳은 네놈들의 법도가 아닌 우리들의 법도가 통하는 무법 지대다."

"큭… 잘도 그 여자가 여기까지 오겠군."

더 이상 할 말이 없다는 듯 대화를 마치고 사내와 일행들이 해적들로부터 멀어져갔다.

그들의 뒷모습을 바라보는 해적들의 시선은 그다지 곱지 않았다.

"믿을 수 없는 놈들입니다. 언제 우리의 뒤통수를 칠지 몰라요."

"나도 안다."

"그런데 왜 저런 놈들과 손을 잡으신 겁니까?"

"그냥 이득이 되니까. 단지 그뿐이다. 우리가 언제 뭐 다른 것 때문에 움직였냐."

로만슨이 다시 불가로 돌아갔다. 그리곤 자신의 손을 쥐락펴락하며 조금 전의 일을 떠올렸다.

"그 여자에게 맞은 뺨이 아직도 화끈거리는 느낌이군."

그는 이것보다 이 찜찜한 느낌을 지울 수가 없었다.

옆에서 시끄럽게 굴던 애송이는 별로 신경 쓰이진 않았다.

그의 생각을 붙잡고 늘어지는 것은 바로 장님 사내였다. 자신에게 붙잡히고 타격을 당하면서까지 굴하지 않던 사내.

"내 모습이 보이질 않아서 그랬던 건가? 아니지… 내 모습이 보이지 않으면 더더욱 불안한 것 아닌가? 내가 무슨 짓을 할지 어떻게 알고… 겨우 그깟 놈이 그런 공포를 이겨낸다는 얘기냐……."

로만슨은 여전히 쥐락펴락하고 있는 손을 내려다보았다. 이상하게도 오늘따라 시큰거리는 느낌이었다.

"어!? 모두 저길 봐!"

"음?"

누군가의 외침에 해적들의 시선이 자연스럽게 그가 가리키는 곳으로 향했다. 로만슨도 천천히 시선을 옮겼다.

그의 시선에 들어오는 것을 보며 로만슨이 재밌다는 얼굴로 목을 풀며 몸을 일으켰다.

"저건 뭐냐? 크하하! 차라리 잘되었군."

* * *

소니아는 등을 기대고 앉은 후밀리스의 몸에 난 상처들을 살폈다.

"몸은 좀 어때요? 괜찮아요?"

"이 정도는 문제없습니다."

"문제없기는… 싸움도 못하시면서 이럴 때는 좀 가만히 계시면 안 돼요?"

"싸움을 못한다고 해도 해야 할 말은 해야지 않겠습니까?"

"그게 바로 무모한 짓이에요."

"소신을 지키기 위해서 자신의 목소리를 내는 것이 어째서 무모한 일입니까? 그것은 용기라고 부르는 겁니다."

"그 '용기'를 부리다가 개죽음을 당한 사람이 몇 명이나 되는 줄은 알아요!? 그런 건 객기라고 부르는 거라구요."

소니아가 나무라듯 한 마디 했다.

그녀는 상비약을 가져와 후밀리스의 상처를 어루만져 주었다.

후밀리스는 무언가 생각에 잠긴 듯 입술을 굳게 다물

고 있었다.

조금 전 뭐라 한 것이 내심 미안했는지 소니아가 한층 누그러트린 목소리로 다시 말을 이었다.

"그나저나… 대체 뭐 때문에 이런 일이 생긴 거예요? 뷰렉스라면 몰라도 당신까지 있었는데 이런 일이 벌어지는 경우는 거의 없었잖아요…….."

"뷰렉스에게서 들었습니다. 조금 전 그 사람들, 해적들이지 않습니까?"

"네… 그랬어요…….."

"그리고 그 해적들을 소니아 씨는 몹시도 싫어 하시구요."

"그것도… 그렇죠… 제 부모님께선 해적들의 손에 돌아가셨으니까요…….."

"그래서입니다."

"네?"

"그래서 저들의 얘기는 듣지 않기로 했던 겁니다. 그랬더니 저들이 화를 내기 시작한 것이구요. 물론 이것은 단순한 핑계거리에 불과했을 겁니다. 무슨 이유에서인지 저들은 처음부터 저의를 품고 이곳으로 찾아온 태도였으니까요."

후밀리스가 단호한 어조로 답했다.

그의 모습에 소니아는 잠시 어안이 벙벙한 얼굴을 하

고 있다가 이내 제정신을 찾았다.

그녀는 보이지도 않을 후밀리스의 시선을 괜히 피했다.

"왜 그러셨어요…? 해적들이 어떤 놈들인지 몰라서 그래요? 기분이 수틀리면 사람 죽이는 것쯤은 아무것도 아니라고 여기는 놈들이라구요."

"소니아 씨는 벌써 몇 년 동안이나 저를 보살펴 주었지 않습니까? 그것에 대한 예의입니다. 당신의 부모님께서 해적들의 손에 돌아가셨다는 얘기를 들었는데… 어떻게 그들을 도와줄 수 있겠습니까. 제가 당신이었다면 결코 그들을 용서하지 않았을 겁니다. 그래서 저도 그들의 얘기조차 듣지 않기로 했던 겁니다."

"아무리 그래도…! 다음부터는 저 때문에 그러지 마세요. 그런 보이지 않는 것보다는 당신의 목숨을 더 소중히 여기시라구요. 해적들을 싫어해도 제가 싫어하는 거지 후밀리스 당신까지 그런 것은 아니잖아요?"

"후후… 말씀은 알겠습니다. 하지만 저는 지금 아무것도 보이질 않습니다. 그러니 보이지 않는 것 모두가 소중하지 않겠습니까? 또한 제 걱정하지 않으셔도 됩니다."

차분하게 말을 이어나가는 후밀리스의 모습을 소니아가 빤히 지켜보았다.

대화를 나누며 가끔 느끼는 것이었지만 후밀리스는 자신의 목숨을 그다지 중요시 여기지 않는 느낌이었다.

그는 언제나 스스로 따위는 어떻게 되든 상관없다는 식으로 말하기 일쑤였다.

그것이 마음에 걸려 더더욱 후밀리스를 신경 쓰게 되었는지도 몰랐다. 그녀는 저도 모르게 후밀리스를 품에 안았다.

"…소니아 씨?"

"아무 말씀 마세요… 지금은 그냥 제가 당신을 안아드리고 싶어서 그러는 거니까."

그녀는 말없이 후밀리스를 끌어안고 눈을 감았다. 그의 숨소리와 심장소리가 깊이 전해져오는 느낌이었다.

갑작스런 소니아의 행동에 잠시 당황했던 후밀리스는 이내 그녀에게 살며시 머리를 기대었다.

소니아에게서 나는 향긋한 꽃내음이 코끝을 간질였다.

두 사람은 그렇게 한동안 침묵을 지키며 서로의 품에 기대었다.

소니아는 끌어안았던 손을 살며시 풀었다. 그리곤 두 눈을 감은채로 앉아 있는 후밀리스의 머리칼을 쓰다듬어주었다.

후밀리스는 그런 소니아의 따뜻한 손결을 느꼈다.

"정말 오랜만이로군요…….."

"오랜만이라니요? 뭐가요?"

"이렇게 따뜻하고 포근한 느낌말입니다. 앞으로 다시는 느낄 수 없을 줄 알았는데…….."

"그리웠던 것처럼 말씀하시네요?"

"후후. 그랬나 봅니다. 차가운 돌처럼 굳은 것만 같았던 제 심장이, 감싸 안은 따뜻한 온기 때문에 어찌할 바를 모르는 것 같으니까요."

후밀리스는 자신의 손을 심장 쪽에 가져가보았다. 쿵쾅거리는 박동이 손바닥으로 뚜렷하게 전해졌다.

"앞으로 언제든 말해요. 이곳에 머무는 동안 이런 정도는 제가 얼마든지 해줄 수 있으니까요."

"이상하군요. 마치 말씀하시는 느낌이… 마치 제가 어디라도 떠날 것처럼…….."

"…….."

"그런 생각을 하고 계신건가요?"

"…솔직히 아니라곤 말 못하겠어요. 당신은 어느 날 갑자기 제게 훌쩍 다가왔으니까… 반대로 어느 날 갑자기 제게서 훌쩍 떠나갈 수도 있겠다는 생각이 매일 들었어요. 그래서 당신에 대해 묻는 것도 조심스러웠어요. 혹시나 제가 무언가를 알게 되면 당신이 떠나가야 할까봐… 아니면 다른 어떤 사람이 이곳으로 찾아와 당신을 데려가게 될까 봐요. 그래서 처음엔 이렇게 마음까진 주지 않으려 했던 건데…….”

소니아는 말하다보니 북받치는 마음을 어쩌지 못했다. 그녀는 눈시울을 붉히며 목소리를 떨었다.

후밀리스는 그런 소니아의 감정을 고스란히 전해 받고 있었다. 그는 말없이 그녀를 끌어안았다.

“괜한 생각을 하셨군요. 저는 당신과 뷰렉스를 두고 다른 곳으로 떠나가지 못합니다. 왜냐하면… 저는 죽은 사람이니까요.”

“네…? 그게 무슨…….”

“그러니 저를 찾아올 사람도 없을 겁니다.”

후밀리스가 소니아를 다독이듯 말해주었다.

소니아는 후밀리스의 말이 무엇을 의미하는지 더는 묻지 않았다.

그런 것보다 그가 자신을 안심시키려 이런 말을 해주었다는 것에 위안을 삼았다.

“후밀리스.”

“…….”

“그러지 말고 우리들의 가족이 되어주시는 건 어때요?”

“그 말씀은……?”

"당신도 알다시피… 저와 뷰렉스는 어린 나이에 부모님을 잃고 서로를 의지한 채 살아왔어요. 곁에 남아 있는 유일한 가족이었으니까요. 그리고 그러던 어느 날 당신을 알게 되었고 또 이렇게 우리와 함께 살아가게 되었어요. 뷰렉스도 이제는 당신을 형처럼 잘 따르고 있어요. 그러니 이제는 앞으로도 우리와 함께 가ㅈ…….'

"죄송합니다… 저는…….'

"혹시… 제 직업이 마음에 걸리실 수도 있다고 생각해요… 저보고 술과 웃음을 파는 여자라며 비웃기도 하는 사람들이 있으니까요. 하지만 저는 그런 시선 따위 신경 안 써요. 제대로 배우지 못하고 그렇다고 갖고 있는 돈이 많지도 않았던 때, 당장 돈을 벌어야 했던 제가 운 좋은 기회로 얻을 수 있는 일거리였으니까 다른 선택지가 없었어요… 그리고 무엇보다 이 일 덕분에 저와 뷰렉스는 배를 곯지 않고 살아갈 수 있었어요. 그러니 저는 이 일이 자랑스러운 것까진 아니더라도 적어도 부끄럽다 생각하진 않아요. 비록 사람들이 저를 비웃음거리로 삼는다 해도 저는 하늘 아래 부끄러운 행동을 하며 살아간 적은 없으니까요. 물론… 제게 당신은 과분한 사람일지 모른다는 생각은 해봤지만…….'

"당치도 않습니다. 저는 당신의 그런 점들을 높게 생

각하고 있습니다. 소니아 씨는 항상 다른 이들에게 당당할 수 있을 만큼 남들에게, 스스로에게 부끄러운 행동은 하지 않고 살아가고 계십니다. 어디 그 뿐이겠습니까? 다른 사람들을 배려하면서도 자신의 주관은 뚜렷하게 밝히는 아주 멋진 분이라 생각하고 있습니다."

예상치 못한 후밀리스의 칭찬에 기분이 좋아진 소니아가 포근한 미소를 지었다.

그러다가도 후밀리스의 반응에 다시 고운 아미를 찌푸렸다.

"그런데 왜, 어째서 죄송하다는 거죠?"

"그 이유는… 소니아 씨 당신이 아닌 제게 있습니다."

사자생환(死者生還)

　"조금 전 당신은 죽은 사람이라는 말 때문인가요? 그런 거라면 더더욱 상관없지 않아요? 당신을 찾는 사람도 없을 테고… 또 당신의 과거가 어떻든 어떤 일을 해왔건 저는 신경 쓰지 않아요. 저는 제가 본 것만 믿으니까요. 지금까지 제가 지켜봐온 후밀리스 당신은 신비롭지만 마음 따뜻하고 좋은 사람이라는 느낌이 강했어요. 게다가 말은 안 해도 주변사람들을 위한 노력들을 하고 계시다는 것… 이제는 제게 그런 행동들까지 보이기 시작했는걸요."

　"죄송합니다… 저는… 감히 가족을 갖겠다는 생각을

해본 적이 없어서…….”

후밀리스가 미안함에 고개를 숙였다.

그런 후밀리스의 표정은 그 어느 때보다 딱딱하게 굳어져있었다.

이에 소니아가 후밀리스의 두 손을 잡았다. 그녀의 따뜻한 온기가 다시금 후밀리스의 손으로 전해졌다.

“아주 솔직하게… 조금 더 용기를 내서 말하자면… 어느 날부터인가 저는 당신을 좋아하기 시작했어요. 처음에는 눈이 보이지 않는 당신에 대한 연민인가도 싶었지만 그게 아니었어요. 겉모습이 아닌 제 자신을 바라봐주는 당신이었기에 좋은 거였어요. 물론… 당신이 제 모습을 보지 못하기 때문일 수도 있겠지만… 그럼에도 당신만은 온전한 저를 바라봐주시는 것 같아 행복했어요. 그러니 저와 함께 해주시지 않겠어요?”

“저는…….”

“물론 지금 당장 답을 바라는 것은 아니에요. 저는 언제까지고 당신의 답을 기다릴 수 있어요. 그리고 혹시나 제가 당신을 먹여주고 재워주고 했다는 것에 대한 부담은 생각지 말아주세요. 그만큼 당신도 저와 뷰렉스에게 많은 도움을 주고 힘이 되어주신 것도 많으니까요. 그러니 지금은 오직 저를 여자로서… 그렇게만 생각해주셨으면 해요.”

"……."

후밀리스는 아무런 답을 해주지 못하고 홀로 생각에 잠겼다.

자신도 모르게 마음속의 말을 한껏 뱉어낸 소니아는 무안함에 괜히 말을 돌렸다.

"그나저나 두 사람한테 주려고 맛있는 음식도 싸왔는데 엉망이 되어버리고 말았네요."

"아, 조금 전부터 나던 향기로운 냄새가 그 음식이었나 보군요."

"맞아요. 우선 이곳부터 정리하고 늦었지만 저녁을 차려드릴게요."

"감사합니다. 제가 도울 수 있는 것은 돕겠습니다."

"아니에요. 일단은 쉬고 계세요."

소니아는 혹시 몰라 후밀리스의 주변부터 정리했다.

앞이 보이지 않는 그가 움직이다가 날카로운 것에 베여 다칠 지도 몰랐으니 배려한 것이다.

그녀가 정리를 하는 동안 후밀리스는 무슨 생각을 하고 있는지 아무 말 없이 고개를 숙이고 있었다.

소니아는 그의 생각에 방해되지 않게 소리가 나지 않도록 조심스럽게 움직였다.

저벅저벅.

그때 후밀리스의 귓가에 발소리가 들려왔다. 그는 발

소리가 향한 곳으로 고개를 돌렸다.

"무엇 때문에 찾아오셨는지 여쭈어도 되겠습니까?"

"할 말이 있어서 찾아왔다."

"죄송합니다. 지금은 말씀을 들어드릴 상황이 아닌
것 같군요."

"그런가."

후밀리스의 정중한 사과에 짤막한 답이 들려왔다. 처
음 듣는 것 같으면서도 어딘가 익숙한 목소리였다.

"그렇다면 언제 시간이 되지?"

"흐음… 일단은 이곳이 정리가 되어야 하니까 적어도
내일쯤에나 말씀을 들어드릴 수 있을 것 같군요. 급한
일이 아니라면 다음에 들러주시겠습니까?"

"그렇군……."

사내는 짧은 답과 함께 몸을 돌리려 했다. 그때 주변
을 정리하던 소니아가 그를 붙잡았다.

"괜찮으니까 말씀 나누세요. 이곳은 제가 정리하면
되니까요."

"그래도 되겠습니까."

"물론이에요. 하지만 이곳은 어지러우니 다른 방에
서……."

"아닙니다. 장소는 어느 곳이던 상관없습니다. 아가
씨께서 불편하지만 않으시다면……."

"저는 불편할 것 없는데 혹시나 손님분의 얘기를 제가 듣게 될 수도 있으니까요. 게다가 지금 이곳이 좀 정신 사나운 상태기도 하고……."

"아니, 괜찮습니다. 그럼… 실례하겠습니다."

사내는 후밀리스가 있는 곳으로 성큼성큼 다가갔다.

후밀리스는 못 말리겠다는 듯 몸을 일으키려 했다. 그러자 소니아가 빠르게 다가가 그를 근처 의자에 앉혀주었다.

"고맙습니다, 소니아 씨."

"아니요, 뭘요."

소니아는 다시 자신의 할 일을 하기 위해 걸음을 옮겼다.

사내는 두 사람의 모습을 흐뭇하게 지켜보았다.

"이런 모습으로 만나게 되어 죄송합니다. 개인적인 사정이 생겼어서……."

"괜찮다. 그보다 더한 모습도 봤으니까."

사내의 말을 들은 후밀리스는 고개를 갸웃거렸다.

자신에게 다짜고짜 말을 놓는 걸로 봐서 앞의 사내는 귀족이 아닐까 싶었다. 그런데 소니아에게는 정중한 어투를 구사했다.

그 말은 이곳에 머무는 귀족이 아닐 수도 있었다.

디라키온에 있는 귀족들이라면 한 번쯤 소니아의 이

름을 들어봤을 테고 이렇듯 정중한 말투를 할 리도 없었다.

그런데 한 가지 후밀리스의 마음에 걸리는 것은 그보다 더한 모습도 봤다는 말이었다.

어떤 의미인지는 알 수 없었다.

"그렇군요. 그런데 어떤 일로 저를 찾아주신 겁니까?"

"나의 얘기를 듣고, 그대는 어떤 생각이 드는지 말해주면 좋겠군."

"흐음… 알겠습니다. 말씀해주시신다면 성심 성의껏 답변해드리겠습니다."

사내는 조용히 후밀리스의 앞에 앉았다.

그는 두 눈을 감고 있는 후밀리스의 얼굴을 똑바로 응시했다.

"나에게는 사랑하는 여인이 있었다. 거의 5년이라는 세월을 넘게 알고 지낸 여인이었다."

사내가 얘기를 시작하자 관심 없는 척 하면서도 소니아도 귀를 열고 그의 얘기를 들었다.

그녀 역시도 다른 사람 얘기를 듣는 것을 좋아했기에 모른 척 넘어가기가 힘들었다.

사내도 소니아가 자신의 얘기를 듣고 있다는 것을 눈치 챘지만 그다지 신경 쓰지 않았다.

그녀가 듣는다 해도 상관없는 얘기였으니 말이다.

"나는 모든 것이 끝나고 그녀와 함께 본래 내가 살던 고향으로 돌아갈 생각이었다."

"어떤 일을 끝내는 것인지 여쭈어도 되겠습니까?"

"전쟁."

사내의 입에서 나온 단어는 근래에 쉽게 들을 수 없는 낯선 단어였다.

그간 평화로운 시기가 지속되어 이제 서서히 사람들의 머릿속에는 전쟁이라는 단어가 잊어지고 있었으니 말이다.

그러나 전쟁이라는 말에 후밀리스의 얼굴이 한층 굳어지기 시작했다.

"전쟁이 끝나고 고향으로 돌아간다라… 그녀와 함께, 라고 말씀하시는 것을 보니 그 여성분은 같은 고향의 사람은 아니었나보군요."

"그렇지. 또한 그녀는 나와 사뭇 다른 여인이었다. 같은 것 같으면서도 달랐지. 아무튼 그런 생각을 가지고 있을 무렵, 나는 결국 누구보다 믿었던 그녀에게 배신을 당하고 말았다. 전혀 생각지도 못했던 상황에 나는 머릿속이 하얘졌지. 북받쳐 오르는 수많은 감정들 사이에서 도저히 이성을 유지하기가 힘들 지경이더군."

사내의 말에 후밀리스와 소니아가 무겁게 고개를 끄

덕였다.

그것은 누구라도 그랬을 것이다. 사랑하는 이의 배신이라니…….

그 어떤 사람이라도 눈이 돌아가지 않을 수 없었다.

소니아는 주먹까지 말아 쥐며 사내의 말에 깊이 공감했다.

반면 후밀리스는 차분한 어조로 다시 물었다.

"배신이라면… 어떤 배신을 말씀하시는 겁니까? 혹시 그 여인분이 당신이 아닌 다른 남자를 마음에 품고 그와 함께 떠나려 했다거나 뭐 그런 경우입니까?"

"차라리 그랬으면 더 나았을지도 모르겠군……."

낮은 어조로 말끝을 흐린 사내가 얼굴에 씁쓸함을 지우지 못했다.

그 모습을 지켜보며 소니아도 괜히 씁쓸한 표정을 따라 짓고 말았다.

대체 어떤 일이 있었길래 사내는 차라리 그런 경우가 더 낫다고 말하는 것일까.

그 일이 궁금한 것은 소니아만이 아니었던 모양이다.

후밀리스는 차분하게 말을 이었다.

"혹시 어떤 일이었는지 여쭈어도 되겠습니까? 만일 얘기하기 불편하시다면 말씀해주시지 않으셔도 됩니다만……."

"그녀는 직접 나를 죽이려 했다."

"흡……!?"

"……?!"

잠자코 얘기를 듣고 있던 소니아가 절로 헛바람을 들이키고 말았다.

놀란 것은 후밀리스도 마찬가지였는지 그는 굳은 얼굴로 입술을 굳게 다물었다.

"하지만 마지막 정이 남은 것인지, 미련이 남았던 것인지… 그녀는 끝내 자기 손으로 나를 죽이지 못했다. 아니, 처음부터 나를 죽일 생각까진 아니었는지 모르지. 그 여인이 마음만 먹었더라면 나를 죽이는 것쯤은 어려운 일도 아니었을 테니까. 물론 나는… 어쩌면 그녀의 마음속에 나에 대한 마음이 꽤나 남아 있었기 때문이 아닐까라고 생각하기도 했었다."

"세상에… 듣기에 너무 괴로운 얘기네요……."

어느새 대놓고 사내의 얘기를 경청하기 시작한 소니아가 평소 버릇대로 맞장구를 쳐주었다.

"그래서 어찌된 겁니까? 이렇게 살아계신 것을 보니… 끝내 그 여인은 당신을 죽이지 못한 모양이로군요?"

"아니, 나는 죽었었다. 그러나 지금 살아 있기도 하지."

"그게 대체 무슨 말씀이신지……."

"그때 나는… 사랑하는 여인과 나의 불씨들을 지키기 위해 모든 것을 짊어지고 죽었다."

사내의 얘기를 듣던 후밀리스가 '불씨'라는 단어에 끄덕거리던 고개를 우뚝 멈췄다.

그는 느린 움직임으로 사내의 목소리가 들리는 쪽으로 얼굴을 들었다.

분명 아무것도 보이지 않을 텐데, 그는 마치 앞을 내다보기라도 하는 것처럼 사내 쪽을 응시했다.

그러건 말건 사내는 다시 말을 이었다.

"그 여인은 결국 내가 아닌 다른 남자의 곁에 섰다. 어쩌면 그가 나보다도 훨씬 더 화려하고 멋진 사내라고 생각했는지도 모르지… 아니, 솔직히 말해 이제는 그녀가 왜 그런 선택을 했는지 짐작조차 되질 않는다. 짐작하길 포기했다는 것이 맞는 표현일지도 모르겠어."

"어째서… 어째서 그들에게 대항할 생각을 하지 않으신 겁니까?"

"당시 난 내가 죽음을 받아들이는 것만이 사랑하는 여인과 나를 따르는 불씨들을 온전히 지킬 수 있는 것이라 생각했다. 그것이, 녀석들을 책임진 나의 역할이라 여겼으니까……."

"바보같군요."

후밀리스가 차갑게 말했다.

딱딱하고 냉정하게 보일 정도의 대답에 듣고 있던 소니아도 놀라고 말았다.

후밀리스가 저렇게 말하는 것은 그녀로서도 처음 봤기 때문이다.

"후후… 그것이 그대의 생각인가. 그렇다면 이번엔 내가 질문을 해도 되겠나?"

"말씀하십시오."

"지금의 그대라면 스스로의 소신과 가족. 둘 중에 무엇을 택할 것인가?"

"……."

후밀리스가 커다란 표정 변화를 보였다.

이내 그는 무겁게 닫혔던 입술을 어렵사리 열었다.

"저는… 가족을 택하겠습니다……."

"그런가……."

"당신은 이제 어떻게 하실 생각이십니까?"

"나의 불씨들을 다시 되살릴 생각이다."

"그랬군요… 그래서 절 찾아오신 겁니까?"

"그대가 먼저 떠오르더군."

잠자코 두 사람의 대화를 듣고 있던 소니아가 무언가 이상함을 느꼈다.

어느 순간부터 두 사람은 이미 서로를 알고 있는 것처

럼 말을 나누고 있었다.

그리고 그녀의 생각은 곧 그들의 대화로 이어졌다.

"정말 오랜만입니다. 이렇게 다시 뵙게 될 줄은 정말 몰랐습니다."

"생각보다 별로 놀라지 않는군."

"아니요. 솔직히 말해 진심으로 놀랐습니다. 당신이라는 것을 알게 된 후 지금 제 심장은 주체되지 않을 정도로 뛰고 있습니다. 죽은 줄로만 알았던 제 피가 다시금 뜨겁게 흐르는 느낌은 정말 오랜만이로군요."

"그동안 어떻게 지냈나?"

"그날 당신은 제게 말했습니다. 살라고. 무게를 짊어진 채 어떻게 해서든 살아가라고 말이죠. 그러나 저는 시간이 지날수록 견딜 수 없었습니다. 당신의 명령을 지키며 살아갔지만 그럼에도 제 스스로를 잊고 살아가고 싶었습니다. 혹시 죽음이 무엇인지 생각해보셨습니까?"

"흐음… 글쎄……."

사내는 후밀리스의 질문에 잠시 생각에 잠겼다.

누구에게도 말 못 할 경험이지만 죽음이라면 직접 겪어보았다.

아니, 솔직히 말해 그것이 과연 죽음이라고 불리 울 수 있는지도 가늠할 수 없었다.

그때 후밀리스가 다시 말을 이었다.

"죽음은 별다른 것이 아니었습니다. 세상으로부터 잊혀지는 것. 그것이 곧 죽음이었습니다. 그렇게 저는 제 자신을 죽였고 또 스스로를 바라보는 것이 싫었습니다. 그러고 나니 문득 저는 이렇게 살아가는 것이 옳다는 생각이 들더군요."

"그래서 그런 모습을 하고 있었나."

"그렇게 저는 살아 있지만 죽는 것을 택했습니다. 어찌 보면 당신과는 반대로군요. 죽어 있지만 살아가는 당신과……."

"그렇군. 묘하게 되었어."

사내는 두 눈을 감고 있는 후밀리스의 얼굴을 정면으로 응시했다.

후밀리스는 씁쓸한 미소와 함께 사내를 향해 고개를 숙여보였다.

"당신을 원망하지 않습니다. 당신 덕분에 저는 잊고 있었던 것들을… 그리고 새로운 것들을 많이 느끼고 생각할 수 있었으니까요."

"변화가 있었나?"

"물론입니다. 이곳으로 오고난 뒤 스스로를 놓지 말고 살아가라던 당신의 말을 조금씩 이해할 수 있었습니다."

후밀리스는 망설임 없이 답했다.

소니아가 그런 후밀리스의 두 손을 꼭 잡아주었다. 후밀리스도 안심하라는 듯 소니아의 손등을 쓰다듬어 주었다.

사내는 그런 두 사람의 모습을 흐뭇하게 지켜보았다.

"그렇군."

덜컹!

그때 누군가 문을 박차고 안으로 들어섰다.

소니아는 바깥으로 나갔던 뷰렉스인 줄 알았으나 곧 다른 사람의 모습이 보이자 고개를 갸웃거렸다.

"너는 뷰렉스의 친구잖아…? 그런데 그 몰골은……."

"누, 누님…! 죄송합니다, 아니, 큰일났습니다!"

"큰일이라니? 그게 무슨 말이야!?"

소니아는 갑자기 엄습해오는 불안감을 떨쳐낼 수 없었다.

거래

뷰렉스의 친구, 바모스는 사색이 된 얼굴을 하고 있었다. 그의 찢겨 나간 옷가지 여기저기가 붉게 물들어 있었다. 그 틈으로 크고 작은 상처들이 보였다.

"뷰렉스가… 뷰렉스가 해적들의 손에 잡혔어요!"

"그게 무슨 말이야!?"

"그게… 사실은 분노를 참지 못한 뷰렉스가 복수를 할 거라면서 동네 패거리 애들을 데리고 해적 놈들을 죽이러 갔어요."

"뭐!? 너희 미쳤어? 해적이 어떤 놈들인 줄 알고 겁도 없이 너희가 나서!!"

"그치만… 어쩔 수 없잖아요…! 도시의 경비병들도 해적들이 이 도시를 활보하고 다니는 것을 쉬쉬하는 바람에 마을 사람들 모두가 불편해 한다구요! 솔직히 말해서 놈들이 행패를 부리고 간 곳이 이곳만은 아니에요. 우리들도 놈들의 행동에 많은 피해를 입었었다구요……."

"아니, 아무리 그래도 그렇지! 너희가 무슨 힘이 있다고 그런 무모한 행동을 해!?"

"누님!! 그렇다고 언제까지 당하고만 살 수는 없잖아요!! 저희도 스스로가 약하다는 것을 알기에 주변에 도움도 요청해 봤었어요! 그나마 도움을 줄 수 있다고 생각한 귀족들은 오히려 해적들과 엮이기를 꺼려했다고요…! 그래서 하는 수없이 저희가 나서기로 한 거예요. 계속해서 당하기만 하면 놈들의 행패가 계속 이어지거나 더더욱 심해질 것이 뻔하니까요!"

"하아……."

바모스의 말에 소니아가 낮게 한숨을 쉬었다.

그녀는 떨리는 몸을 진정시키지 못했다. 그런 소니아의 상태를 후밀리스도 느끼고 있었다.

"아무튼 지금 이럴 때가 아니에요…! 어서 가서 뷰렉스를 구해야 해요!"

"알겠어…! 지금 바로 도와줄 수 있는 귀족들을 찾아

가서 얘기해볼게!!"

"아니요. 섣불리 그렇게 행동했다간 해적 놈들이 눈치 채고 먼저 달아나버릴 수 있어요. 그게 아니더라도 도시의 병사들이 움직이면 뷰렉스를 구하지 못할지도 모르구요. 그 사이 뷰렉스에게 해적들이 무슨 짓을 할지……."

"하지만 그렇게 하지 않으면 방법이… 하아… 너희는 대체 어쩌자고 그런 대책 없는 짓을……!"

"정말…정말 죄송합니다, 누님… 그래도 그 해적 놈이 말했어요. 뷰렉스와 동료들을 사갈 수 있는 돈을 가져오면 순순히 놓아주겠다고 말이에요."

"그게 얼마인데?"

"뷰렉스는 100골드. 나머지 사람들은 한 명당 50골드씩이에요……."

금액을 들은 소니아는 말문이 막혀버리고 말았다.

50골드라면 일반적으로 시민 한 사람이 적어도 한 달은 먹고 살 수 있는 돈이었다.

"몇 명이나 붙잡혀 있는 거야?"

"뷰렉스까지 대략 20명 정도……."

바모스는 면목 없다는 얼굴로 고개를 숙이고 말았다. 그렇지만 그는 다시 입을 열었다.

"다른 녀석들은 제가 알아서 해볼게요! 다른 분들한

테 말씀드리면 조금은 도움을 받을 수 있을 거예요.”

“1050골드… 그럴 필요 없어. 내가 알아서 해결할
게.”

“하지만 누님…….”

“시끄러. 너희는 어렸을 때부터 뷰렉스랑 어울렸잖
아. 그러니 나도 그동안 너희들을 지켜봐 와서 잘 알아.
너희 대부분 어려운 가정 속에 살고 있거나 우리처럼
부모님 없이 홀로 커온 녀석들이잖아. 그런데 어딜 가
서 도움을 구해보겠다는 거야? 설사 있다 해도 그들이
선뜻 나서줄 것 같아?”

소니아의 말에 바모스는 할 말을 잃고 말았다. 그는
다시 한 번 고개를 숙여보였다.

“정말 죄송해요 누님… 사실 그동안 말씀은 안 드렸
지만… 누님께서 힘들게 번 돈으로 뷰렉스를 통해 저
희들을 도와주셨던 것 잘 알아요. 그래서 사실 이번
에도 누님과 뷰렉스에게 힘이 되기 위해 함께 했던 건
데…….”

“어휴… 됐어. 너희들도 다 크려면 아직 멀었다 정
말.”

소니아는 말은 그렇게 하면서도 희미한 미소를 짓고
있었다. 그래도 자신과 뷰렉스를 위해 모두가 나서주
었다는 사실이 고맙고 위안이 되었다.

"정말 죄송합니다, 누님… 뭐라 드릴 말씀이……."

"그러게 죄송할 짓을 왜 해!? 앞으로는 행동하기 전에 한 번 더 생각하고 행동해. 뷰렉스도 어려서 아직 자기 감정을 잘 추스르지 못해. 그러니 그럴 때면 너희들이 잘 어르고 달래줘. 이건 너희들에게 그렇게 해달라는 뇌물인 셈이니까 잊지 마라. 알겠어?"

"네… 그런데 너무 큰돈을……."

"괜찮아. 이까짓 돈이야 다시 벌면 되지만 하나뿐인 가족과 그 친구들은 한번 잃어버리면 다시 되돌릴 수 없는 거잖아?"

소니아의 말을 잠자코 듣고 있던 사내가 후밀리스를 살폈다. 후밀리스는 무언가 많은 생각에 잠겨있는 얼굴이었다. 복잡한 그의 표정에 사내가 천천히 입을 열었다.

"그대는 어떻게 할 생각이지?"

"……."

"이상하군. 조금 전 그대의 말을 들었을 때부터 난 이미 답이 나왔다고 생각했는데… 내가 생각하는 것만큼 저들의 존재가 그대의 소신을 계속 지켜야 할 정도로 소중하지 않았던 건가?"

사내의 마지막 말이 묵직하게 다가왔다. 마치 그가 무슨 생각을 하고 있는지 꿰뚫어보고 한 말 같았다.

후밀리스는 헛웃음을 짓고 말했다.

"참 신기합니다. 당신 앞에만 서면 제가 한없이 아둔해지고 어리석어지는 것 같습니다."

"본래 사람 일은 제 3자가 더 잘 보는 법인 거다. 나의 일에는 나보다 그대가 더 현명히 바라보는 것처럼. 게다가 이런 사실은 누구보다 그대가 더 잘 알고 있지 않나? 그러니 이곳에서도 버리지 못하고 있었던 것 아닌가."

"후후… 그렇군요. 부정할 수 없습니다. 확실히 참 아이러니 합니다. 그 어느 것보다 버리고 싶었던 것을 저는 결국 버리지 못했으니까요."

"그것이 그대의 천직인가보군."

"애증의 관계인가 봅니다."

후밀리스가 천천히 몸을 일으키려 했다. 그러자 이를 본 소니아가 황급히 달려와 그를 부축해주었다.

그녀는 바모스와 얘기를 나누느라 사내와 후밀리스의 대화를 전혀 듣지 못하고 있었다.

"갑자기 왜 일어서시려는 거예요?"

"저도 함께 가겠습니다."

"네!? 지금 어딜 함께 가겠다는 거예요?"

"뷰렉스가 있는 곳으로요."

"안 돼요! 지금 당신 몸도 성치 않은데 어딜 가겠다는

거예요? 게다가 거기가 얼마나 위험한지는 알고서 하는 소리인거죠?"

"물론입니다. 그러니 함께 가겠다는 말씀을 드리고 있는 겁니다."

"아유, 참…! 오늘따라 왜 이렇게 고집이 세실까?"

"그야, 가족이지 않습니까."

후밀리스의 말에 고운 미간을 좁히던 소니아가 순간 얼어붙고 말았다. 그의 입에서 전혀 생각지도 못한 단어를 듣고 말았다.

소니아는 자신의 귀를 의심했다.

"지금 뭐라고……."

"가족이 위험한 곳에 잡혀 있고 또 가겠다고 하는데… 저 혼자 이곳에 머물 수만은 없지 않겠습니까? 그러니 저도 함께 가겠습니다."

단호한 태도를 보이는 후밀리스의 모습에 소니아도 결국 고개를 끄덕이고 말았다.

"아…알겠어요… 대신! 아까처럼 위험한 일에 함부로 나서지 마세요. 이번에는 제가 해결 할 테니까요. 알겠죠?"

"알겠습니다."

그래도 후밀리스가 순순히 답해주자 소니아도 한결 마음을 놓은 모양이었다. 그러나 이내 그녀는 당장 현실적인 문제를 생각해야 했다.

이런 늦은 시각에 당장 해적들에게 건넬 돈을 마련한다는 것이 사실 쉬운 일은 아니었다. 게다가 그녀가 벌어둔 돈의 대부분은 이곳이 아닌 가게 안 금고에 있었다.

혹시 몰라 그곳에 보관 해두었던 것이다.

"어쩌지… 지금 바로 가게로 다녀와야 하나…….'

그러나 갑자기 그녀가 그곳으로 가 많은 돈을 꺼낸다면 사람들의 눈에 띌 것이다. 헬라니아 주점이 있는 곳은 디라키온 사람들이 가장 많이 북적이는 곳이었으니 말이다. 특히 지금 시각에는 더욱 그랬다. 그녀가 이도저도 못하고 고민에 잠겨 있을 때 사내가 입을 열었다.

"제가 도움을 드릴 수 있을 것 같은데. 도움을 드려도 되겠습니까?"

"예? 아…아니 아무리 그래도 손님께 그럴 수는…….'

"후후. 아닙니다. 저 철옹성 같은 사내의 환심을 사는 것치곤 이 정도는 저렴하게 먹히는 편이니까요."

사내는 말과 함께 바깥을 돌아보았다.

"운량."

"부르셨습니까, 주군.'

그의 부름에 바깥에서 대기하고 있던 운량이 안으로

들어섰다.

"지금 당장 돈을 준비할 수 있겠나?"

"물론입니다. 일전에 헤이나님이 주고가신 이 돈 주머니만 해도 1000골드가 넘게 들어 있을 테니까요."

"아, 그랬던가."

"자신이 자리를 비우는 동안 배를 곯지 말라며 주고가신 돈이었습니다. 뭐… 단순히 허기를 채우는 용도로 쓰기엔 턱없이 많은 돈이긴 합니다."

"그렇군."

칼라반은 유운량에게서 돈 주머니를 받아들었다. 그리곤 망설임 없이 그녀에게 돈 주머니를 건넸다.

그녀는 연거푸 칼라반을 향해 고개를 숙여보였다.

"정말… 정말 감사합니다… 돈은 내일 바로 돌려드리겠습니다!"

"아니, 그러실 필요 없습니다."

후밀리스도 칼라반을 향해 고개를 숙여보였다.

"감사합니다."

"그대를 향한 나의 미안함이라고 생각해주었으면 좋겠군."

"…그렇습니까. 그리고 한 가지 부탁이 있습니다만."

"내게?"

"예."

"말해라."

"이번 일에 함께 가주시겠습니까?"

"어려울 것 없는 부탁이로군."

후밀리스의 말에 칼라반이 시원히 고개를 끄덕였다.

그러나 소니아는 여전히 미안해서 어쩔 줄 몰라 하는 모양새였다.

"후밀리스… 해적들이 있는 위험한 곳인데 손님 분들까지 함께 데려가는 건… 그렇지 않아도 이렇게 도움까지 주셨는데 이분들은 이곳에서 기다려 달라고 하는 것이 어떨까요…? 아니면 차라리 혹시 모를 상황에 대비해 귀족들에게 연락을 취하고…….."

"후후, 괜찮습니다. 걱정하지 않으셔도 됩니다."

후밀리스는 칼라반과 운량이 있는 곳을 바라보았다.

"그래도 홀로 지내진 않으셨나보군요. 그 사이 다른 사람을 곁에 두고."

"뭐… 그렇게 되었다."

"조금은 섭섭한 마음입니다만… 그래도 보기에 좋습니다. 혹시나 당신이 살아 있을 경우 홀로 외로이 지내는 것은 아닐까 생각했었거든요."

"나 또한 그대가 그렇게 지내진 않을까 염려했는데… 다행인 일이야."

칼라반은 후밀리스의 옆에 붙어 있는 소니아를 바라

보며 말했다. 무슨 말인지는 몰랐지만 소니아는 괜히 고개를 숙이고 말았다.

"그럼 함께 가시겠습니까. 극한의 군주님."

* * *

"로만슨 형님. 저기 누가 오고 있습니다."

"앙?"

손바닥만 한 고기를 입으로 뜯고 있던 로만슨이 고개를 돌렸다. 그러자 멀리서 이쪽으로 다가오고 있는 무리가 들어왔다.

"호오… 정말 왔어? 돈이 준비가 된 건가?"

로만슨이 재밌다는 듯 실실거리며 몸을 일으켰다.

그가 고기를 놓고 일어서자 곁에서 함께 술을 들이켜고 있던 해적들이 몸을 일으켰다. 이곳 갑판에 모인 해적들만 해도 대략 100여 명이 넘는 숫자였다. 로만슨은 한쪽 기둥에 묶여 있는 뷰렉스를 돌아보았다.

"어이 꼬맹이. 너 같은 놈 구하자고 네 누이께서 친히 이곳까지 나서셨나 보구나. 크하하하"

"크윽……!"

기둥에 온 몸이 묶인 뷰렉스가 이를 갈며 로만슨을 노려보았다. 로만슨은 가볍게 콧방귀를 끼며 그의 시선을 무시했다. 그러나 다른 해적들은 그의 곁으로 다가가 칼을 겨눴다.

"야. 눈깔 똑바로 안 뜰래?"

"여기서 함부로 눈알 굴리다간 네놈 곁에 있던 그 장님처럼 눈깔 떨어져나간다? 아니다. 태어났을 때부터 장님이었으려나. 으흐흐."

"형에 대해서 함부로 말 하지 마!"

뷰렉스의 경고에 듣고 있던 해적들이 배를 잡고 웃음을 터트렸다. 몇몇 이들은 술까지 들어가 한껏 기분에 취해 있는 상태였다. 그들은 뷰렉스의 머리를 한 대씩 때리며 그를 비웃었다.

"야. 꼬맹이. 폼 잡지마라."

"넌 여기서 아무것도 못해. 그게 현실인거다 애송아."

"그래도 용기는 칭찬해주마. 아직 어린놈 같은데 벌써부터 수하들을 데리고 여기까지 쳐들어올 생각까지 하다니 말이야. 잔뜩 쫄아있던 마을 놈들보다는 네가 더 낫네."

"근데 결과가 이렇게 되어버렸네? 고맙다 야. 네 덕분에 우리가 돈 좀 벌어가게 생겼다."

"혹시나 해적단에 들어오고 싶으면 말해라. 말단부터 시작할 수 있도록 우리가 도와줄 테니까 크하하하!!"

44

해적들이 거들먹거리며 뷰렉스를 툭툭 건드렸다.

이를 보던 로만슨이 그들을 향해 한 마디 날렸다.

"상품에 손대지마라. 상하면 제값을 못 받는다."

"옙. 알겠습니다."

"알았소, 형님."

로만슨의 말에 해적들이 거리를 두었다. 그러는 동안 마침내 소니아 일행이 해적들이 있는 곳에 당도했다.

해적의 법칙

"뷰렉스!!"

기둥에 묶여 있는 뷰렉스를 보자마자 소니아가 소리쳤다. 해적들에게 얼마나 당했는지 그의 몰골은 이미 많이 상해있는 상태였다. 한데 묶여 있는 그의 친구들도 몸이 상해있기는 마찬가지였다.

"어떻게 사람을 저렇게……."

소니아는 해적들을 보며 치를 떨었다.

그러건 말건 로만슨은 그들의 반응에 전혀 신경 쓰지 않고 있었다. 그는 오히려 무덤덤한 얼굴로 말했다.

"우리는 해적이다. 겁도 없이 우리에게 덤빈 것치고

46

이 정도면 굉장히 좋은 대접을 받은 거다. 원래 같았으면 몇 놈 정도는 죽이고 시작했을 텐데… 하지만 그럴 순 없지. 한 명 한 명이 소중한 상품이니까."

"역시… 과거나 지금이나 해적이라는 것들은 정말 역겹군요."

"크하하! 너무 그렇게 생각하진 말라고. 이렇게 신사적인 해적이 어디 있나? 본래 원하는 것이 있으면 빼앗고 마는 것이 해적의 법칙. 그러나 나는 지금 너희들과 거래를 하려하고 있다. 이것만으로도 충분히 그쪽 입장에서는 감사할 일이라 생각이 든다만?"

소니아와 뷰렉스가 서로 시선을 마주했다.

뷰렉스는 차마 계속해서 소니아를 바라보지 못하고 고개를 숙이고 말았다.

그는 밀려드는 분노와 아무 것도 하지 못하는 자신에 대한 한심함으로 눈시울을 붉혔다.

"고개 들어 뷰렉스."

"누나……."

"너는 잘못한 것 없어. 그런데 왜 고개를 숙이고 있어?"

"하지만……."

"뷰렉스. 네가 생각했고, 네가 판단했고, 네가 행동한 거라면 응당 책임을 질 생각을 해야지. 고개부터 숙이지 마. 그게 현실을 마주 보는 방법의 첫걸음이야."

"미안해 누나……."

"됐어. 이렇게 무사한 모습을 봤으니 그것만으로도 누나는 안심이야."

"호오… 남매간의 우애가 정말 깊군. 그래, 그쪽으로 전달한 만큼 돈은 가져왔나?"

"물론이야. 돈만 주면 약속대로 저 애들은 풀어주는 거겠지?"

"당연하지! 나는 약속은 지킨다."

"그럼……."

소니아는 미리 준비해 두었던 돈을 로만슨의 수하에게 건네주었다. 로만슨의 수하가 돈을 찬찬히 세어보기 시작했다. 그동안 로만슨은 소니아의 아름다움에 시선을 빼앗기고 있었다.

"확실히 아까운 미모긴 하군. 너 정도라면 내가 저 돈도 받지 않고 이곳에서 데리고 나가줄 생각이 있는데… 어떠냐? 나와 함께 이곳을 떠나는 것은?"

"말 같지도 않은 소리 하지 마."

"단호하군. 그건 저 장님 녀석 때문인가?"

로만슨이 소니아의 뒤편에 서 있는 후밀리스를 가리키며 말했다.

그러자 소니아가 옆으로 걸음을 옮겨 후밀리스를 가

렸다.

"그래. 나는 이 사람을 마음에 품고 있어. 그러니까 허튼 생각 말고 돈 액수가 맞는지 확인했으면 내 동생과 저 애들을 풀어줘."

"하! 웃기는군. 너처럼 아름다운 여자가 겨우 저딴 놈에게 마음을 빼앗기다니. 그것은 사랑이 아니라 연민일 거다."

"사랑이야."

로만슨의 물음에 소니아는 한 치의 망설임도 없이 답했다. 그녀는 로만슨과 해적들에게 서릿발같이 차가운 태도를 보이고 있었다. 그녀의 답을 들은 로만슨은 묘한 표정과 함께 고개를 끄덕였다. 그러면서도 그는 뒤편에 못 보던 사내들이 함께 따라온 것을 확인했다.

"뭐야? 혹시 몰라 잔챙이들이라도 끌고 온 건가?"

"형님. 1050골드입니다."

돈을 모두 세어본 사내가 로만슨에게 알렸다.

이를 들은 소니아가 먼저 입을 열었다.

"액수는 그쪽에서 제안한 돈이 딱 맞지? 그러니까 이제……."

"아니, 부족하다."

"뭐? 무슨 말이야!? 뷰렉스는 100골드 다른 아이들은 50골드라며? 그럼……!"

"너를 기다린 시간이 있질 않았나? 당연히 이자가 붙지. 그러니 이자까지 내어라. 흐음… 그래 한 200골드쯤 더 주면 되겠구나."

로만슨이 비릿한 조소를 지으며 말했다.

다른 해적들도 역시 그럴 줄 알았다는 듯 입꼬리를 말아 올렸다.

"…역시 해적들이란 하나같이……."

소니아는 그럴 줄 알았다는 듯 품속에서 다시 돈을 꺼내었다. 그녀의 행동에 로만슨도 이번엔 두 눈을 동그랗게 뜨고 말았다.

"여기 200골드. 됐지?"

"이것 참… 내가 한 방 먹은 기분이로군."

로만슨이 헛웃음을 짓고 말았다.

그는 소니아가 건네는 골드를 순순히 받아들었다. 그리곤 뒤쪽을 돌아보며 수하들에게 눈짓으로 명령을 내렸다.

그러자 수하들은 찜찜한 얼굴을 하면서도 그의 명령에 따라 뷰렉스와 그의 일행들을 모두 풀어주었다.

그들은 해적들 사이에서 눈치를 보고 있었다.

"뭐하고 있어? 빨리 꺼져라."

"약속은 지킨다. 그러니까 빨리 꺼져."

해적들의 말에 모두가 움직이기 시작했다.

그들이 해적들의 작은 움직임에도 움찔거리는 동안 오직 뷰렉스만 날선 눈빛으로 해적들을 바라보았다.

그러나 이전처럼 섣부른 행동을 취하진 않았다.

이를 지켜보던 해적 한 명이 그를 향해 말했다.

"표정을 잘 숨기지 못하는 녀석이로군. 그러다 빨리 죽는다. 너."

소니아는 뷰렉스까지 붙잡혀 있던 모두가 자신의 곁으로 왔음을 확인했다. 이내 그녀는 미련 없이 돌아섰다.

"잠깐."

그때 로만슨의 곁에 있던 해적들이 움직이며 그녀와 다른 이들을 둘러쌌다.

그들의 갑작스런 행동에 소니아가 눈썹을 치켜 올렸다.

"뭐예요? 지금 약속을 안 지키겠다는 거예요?"

"무슨 소리지? 나는 분명히 약속을 지켰다. 돈을 가져 왔으니 녀석들을 모두 살려 보내겠다는 말을 했다. 그런데 그 속에 너와 장님 녀석은 포함되지 않았는데?"

"그게 무슨 억지……!"

"크큭… 말했잖아. 우리는 해적이다. 원하는 것이 있으면 빼앗는 것이 우리 해적들이란 말이다. 이 정도는 예상치 못했나 보지?"

"당신들 정말… 하… 그럴 줄 알고 우리도 귀족들에게 연락을 취해놨어요. 조금 있으면,"

"크하하하!! 지금 그 말을 우리더러 믿으라는 거냐? 그대가 생각하기에 정말 귀족들이 이곳으로 올 것 같나? 아니지, 아닐 거야. 아마 그 말은 거짓말일 가능성이 더 크겠지?"

로만슨의 말에 소니아가 입술을 살며시 깨물었다. 귀족들과 해적들 간에 무언가가 있는 것이 분명했다.

하지만 그것은 자신이 어떻게 할 수 있는 문제도 아니었을 뿐더러 지금 상황에서 그 문제를 따지고 들어봤자 아무런 도움도 되지 못했다.

그래서 혹시나 싶은 마음에 으름장을 놓았던 것인데 역시나 해적들에겐 통하지 않았다.

몇몇 해적들이 음흉한 시선으로 소니아를 바라보았다. 특히나 로만슨은 대놓고 음욕을 드러내고 있었다.

"특별히 너는 내가 먼저 귀여워 해주고 메도라스 백작에게 보내주도록 하마."

"뭐……?"

"아, 몰랐나? 이번 일을 사주한 것이 바로 메도라스 백작이었는데 말이야. 그리고 덩달아 하나 더 부탁했지. 저 장님 녀석까지 죽여 달라고."

"말도 안 돼……."

"말이 안 되기는. 너도 그곳에서 일했으면 한 번씩은 들어봤을 것 아니야? 메도라스 백작에 관한 추한 소문들을 말이다."

로만슨의 말대로 메도라스 백작에 관한 안 좋은 소문들을 많이 듣기는 했었다. 아무래도 많은 얘기가 오가는 곳에서 일을 하다 보니 절로 귓가에 들려왔다.

그러나 그녀는 메도라스 백작이 설마 이 정도까지일 줄은 몰랐다.

"보아하니 적지 않은 충격을 먹은 듯하군."

"세상에… 이건 해적들과 다를 바 없잖아?!"

"응? 해적 듣기에 섭섭한 소리를 하는군. 우리는 대놓고 하지만 그 녀석은 겉으론 깨끗한 척, 고상한 척 위선을 떨지. 차라리 우리가 낫지 않겠나?"

"아니! 너희들 모두 똑같아!"

소니아가 분노로 치를 떨었다.

옆에서 함께 분노하기는 뷰렉스와 동료들 모두 마찬가지였다.

"역시나 그럴 줄 알았다. 너희 해적 놈들이 순순히 우리를 보내줄 리가 없지. 너희는 처음부터 우리들을 보내줄 생각이 없었던 거야. 그렇지!?"

뷰렉스의 말에 로만슨이 빙그레 웃었다.

그는 순순히 고개를 끄덕여주었다.

"제법 똑똑하구나. 그 정도 실력과 병력들로 여기까지 쳐들어 오길래 멍청한 녀석인 줄로만 알았는데."

"크윽……!"

뷰렉스가 두 주먹을 말아 쥐었다.

이 절망으로 가득한 상황이 미치도록 화가 났다. 그러나 그렇다고 해서 해적들에게 가만히 당하고만 있을 수도 없는 노릇이었다.

"누나 비켜. 차라리 마지막까지 맞서 싸우겠어."

"뷰렉스……."

"가만히 당해주는 것보다 마지막까지 싸우는 게 더 낫잖아!?"

뷰렉스의 말에 소니아도 더는 아무 말도 하지 못했다.

그녀는 작금의 상황이 너무도 원망스럽기만 했다.

대체 자신과 뷰렉스가 무슨 잘못을 저질렀길래 또다시 해적과 엮여 이런 꼴을 당한단 말인가!?

그녀도 지금 이 순간만큼은 하늘을 원망하고 있었다.

"다시 덤벼볼 생각이냐? 재미도 없겠구나. 멀쩡할 때도 한숨이 나올 지경이었는데 지금 그 상태로는 더 한심할 것 아니냐?"

"웃기지마! 사람은 죽을 각오로 싸우면 몇 배는 더 강해진다고 했어!"

"크흐흐 그래. 그럼 어디 한 번 덤벼봐라. 장님과 어중이떠중이 같은 두 놈. 그리고 다 죽어가는 녀석들의 조합이라… 아름다운 여자를 지키는 것치곤 너무도 허접한 조합이로구나."

로만슨이 잔뜩 거드름을 피우며 말했다.

그때 뒤에서 이 상황을 조용히 지켜보고만 있던 칼라반이 후밀리스를 바라보았다.

"어찌할 생각이냐? 네가 원한다면 내가 나서주겠다."

"아서십시오. 당신이 나서시면 더욱 골치 아파집니다."

"그렇지 않을 거다만."

"그보다 당신께 묻고 싶은 것이 있습니다."

"이 상황에 말인가?"

"예."

"그게 뭐냐."

후밀리스는 잠시 고개를 들어 하늘을 바라보았다.

아무것도 보이진 않았지만 느껴지는 바람에 익숙한 짠내가 섞여 있었다. 그는 이런 바닷바람이 좋았다.

이 냄새를 맡으면 바닷바람에 섞여 불어오던 소니아의 향기가 떠올랐다. 소니아를 처음 만난 날, 바람을 타고 불어왔던 그녀의 향기는 아직까지도 뇌리에 박혀 있었다.

"저를 찾아온 이유를 아직 정확히 말씀하지 않으셨습니다."

"나에게는 레기온 네가 필요하다. 흑염은 다시 타오를 테니."

"그 이름… 정말 오랜만이로군요. 그때는 그토록 당신을 모시고 싶다 했는데 어째서 거절하신 겁니까?"

"그때의 너는… 너의 모든 것으로부터 도망치기 위해 날 선택했다. 나는 생각이 죽은 수하는 원치 않는다."

"그랬군요. 잘하셨습니다. 하지만 저도 한 가지 드리고 싶은 말씀이 있습니다."

"그게 뭔가?"

후밀리스는 칼라반의 목소리가 들리는 곳으로 뒤를 돌아보았다. 그의 표정은 얼음장처럼 차가워져 있었다. 그 모습을 보며 칼라반은 마침내 그가 돌아왔음을 알 수 있었다.

"만약 그때 제가 당신을 모시고 있었더라면, 결코 그런 일이 벌어지도록 두지는 않았을 겁니다."

"그랬을지도… 모르겠군."

"죽어 있는 저를 살리기 위해 당신이 찾아오셨으니… 다시 살아가야 할 이유가 생겨버렸군요."

"훗. 그 이유는 비단 나만이 아닌 것 같다만."

후밀리스 아니 레기온이 의미 모를 미소를 지었다. 그리고 그는 천천히 앞으로 걸음을 옮겼다.

레기온이 앞으로 나서기 시작하자 모두가 그에게 시선을 집중했다.

"후밀리스?"

"형!?"

"후밀리스 형!!"

모두가 그를 불렀다. 그러나 후밀리스는 걸음을 멈추지 않고 소니아의 앞으로 섰다. 눈을 감고 있는 동안 다른 감각들이 예민해졌기에 맡아지는 향기로 그녀가 어디 있는지 어렴풋이 짐작할 수 있었다.

"후밀리스, 뒤에 있어요. 여기는 저희가 어떻게든……."

"소니아 씨."

"예?"

"우리는 가족이지요? 저와 당신과 뷰렉스 말입니다."

"당연하죠……!"

"후후 그럼 가족끼리는 비밀이 있어선 안 되겠군요."

"그건……."

싱긋 웃은 레기온이 그녀의 어깨에 손을 짚었다.

"사실 말씀드릴 것이 있습니다."

"그게 뭔가요……?"

"제 이름은 후밀리스가 아닙니다. 후밀리스는 저 자신을 가장 쓸모없는 존재로 여겼기 때문에 스스로 붙여둔 이름입니다. 제 진짜 이름은 레기온이라고 합니다."

눈을 뜨다

"레기온······?"

그가 스스로 자신의 이름을 밝히자 칼라반도 미소를 지었다. 저 말은 곧 레기온이 마음을 굳혔다는 얘기였다.

"그리고 늘 당신에게 하고 싶었던 말이 있습니다."

레기온은 말을 멈춘 뒤 소니아를 향해 돌아보았다.

"정말 고맙습니다."

"아······."

그는 서서히 앞으로 걸어 나가 홀로 해적들과 마주섰다. 해적들은 앞을 내다보지도 못하는 레기온을 보며 어처구니없다는 표정들을 짓고 있었다.

특히나 로만슨의 오른팔, 왼팔을 자처하는 그릿다와 엘살바는 대놓고 그를 비웃고 있었다.

"뭐냐, 너는?"

"큭큭… 앞도 안 보이는 네가 뭐라도 대신 하겠다는 거냐?"

"겁도 없이 앞으로 나서는 것 봐라."

그들의 조롱에도 레기온은 아무런 표정 변화 없이 주변을 살피듯 고개를 돌렸다.

그런 레기온의 곁으로 칼라반이 다가왔다.

"다른 도움이 필요할 것 같아서 왔다."

"후후… 기억하고 계시는 겁니까?"

"물론이다. 그 눈, 물에 비치는 스스로의 모습조차 보기 싫다고 내게 부탁하지 않았나."

"맞습니다. 그 이후로 다시는 세상을 볼 필요가 없다 생각했는데… 염치없지만 제 두 눈을 되돌려주시겠습니까?"

레기온이 그동안 굳게 감고 있던 두 눈을 떴다. 그의 두 눈은 온통 어둠으로 물들어 있었다.

"그러지."

"감사합니다. 덕분에 오랜만에 세상을 볼 수 있겠군요."

칼라반이 팔을 뻗었다.

[최하급 어둠의 정령 둠(까망이)이 어둠을 회수합니다.]

그러자 그의 두 눈에 머물던 어둠이 점차 사라지기 시작했다. 눈앞에서 벌어지는 기이한 현상에 해적들은 하나같이 묘한 표정들을 짓고 있었다.

마침내 레기온의 눈동자에서 모든 어둠이 물러가자 그 속에서 푸른 빛깔의 눈동자가 드러났다.

"돌아온 것을 환영한다, 레기온."

두 눈을 깜빡거린 레기온은 천천히 하늘을 올려다보았다. 정말 오랜만에 바라보는 하늘의 모습은 티 없이 맑았다.

"후후… 문득 당신은 제게 신 같은 존재일지도 모르겠다는 생각이 드는군요."

가볍게 농담을 던진 레기온이 천천히 앞으로 나섰다.

소니아와 뷰렉스, 다른 일행들은 아직까지도 상황이 어떻게 흘러가는 것인지 알아차리지 못하고 있었다.

그때 지켜보던 해적 한 명이 손바닥으로 들고 있는 칼을 툭툭 쳐대며 앞으로 나섰다.

"뭐야… 그런다고 갑자기 뭐가 달라지기라도 하나?

한순간에 시력이 되돌아왔다 뭐 그런 거라도 되는 거냐!? 웃기지마라!!"

그는 검을 머리 높이 들어 올리며 레기온을 향해 달려들었다. 레기온이 사내를 향해 고개를 돌렸다. 그의 두 눈은 정확히 달려오는 해적을 향해 있었다.

스륵.

레기온은 한쪽 팔을 들어올렸다. 달려오던 사내는 그의 손을 피하지 못하고 힘없이 울대를 잡히고 말았다.

"으읍……!"

너무도 간단하게 이루어진 일이라 지켜보던 해적들조차 별다른 위화감을 느끼지 못하고 자연스럽게 상황을 받아들이고 말았다.

그 순간, 레기온의 손에 힘이 들어가자 사내의 목이 그대로 꺾여버리고 말았다.

털썩.

레기온의 팔에 붙잡혀 발버둥 치던 사내는 힘없이 바닥에 쓰러지고 말았다.

그가 쥐고 있던 검은 어느새 레기온의 손에 들려 있었다. 오랜만에 쥐어본 검. 손가락 끝까지 달라붙는 이 느낌이 감회를 새롭게 했다.

순식간에 얼어붙어버린 분위기 속에서 엘살바가 목에 핏줄까지 세워가며 힘차게 외쳤다.

"저 놈을 죽여!!!"

"으아!!!"

"죽이자!! 쳐 죽여 버려!!"

"저 새끼를 가만두지 마라—!"

해적들이 한꺼번에 레기온을 향해 달려들기 시작했다.

이를 본 뷰렉스와 그의 친구들이 레기온을 돕기 위해 앞으로 나서려 했다. 그러나 그들의 앞을 가로막은 것은 다름 아닌 칼라반이었다.

"당신이 누군지는 모르겠는데, 비켜 봐요! 우리는 후밀리스 형님을 도와야 한다구요!"

"맞아요! 빨리 비키지 않으면 우리가 힘으로라도……!"

그들은 다급한 외침과 함께 홀로 해적들과 마주 서 있는 레기온의 뒷모습을 바라보고 있었다.

그러나 칼라반은 우뚝 서서 비켜줄 생각이 없어보였다.

그때 레기온이 검을 슬쩍 치켜들었다.

그가 발걸음을 옮기며 검을 휘두르자 눈앞에 있는 해적들이 차례로 피를 흩뿌리며 쓰러지기 시작했다.

그를 죽이기 위해 해적들이 계속해서 달려들었지만 그들의 실력으로는 턱없이 부족했다.

순식간에 십 수 명의 해적들을 베어낸 레기온은 숨소리조차 흐트러지지 않고 있었다.

그는 차갑게 가라앉은 눈으로 해적들을 둘러보았다.

"너희들은 오늘 여기서 살아나갈 수 없을 거다."

레기온의 말에 그릿다가 코웃음 쳤다.

그는 팔짱을 끼고 레기온을 살폈다.

"흥! 고작 부하 몇 명 죽였다고 기고만장하는 꼴이라니… 무슨 수를 써서 네가 갑자기 앞을 볼 수 있게 된 것인지는 모르겠지만, 변하는 것은 없을 거다."

그릿다의 손짓에 수십 명의 해적들이 살기를 띠며 그에게 다가가기 시작했다.

그들을 바라보던 레기온이 검을 수직으로 들어올렸다.

"너희들은 이곳에서 살아갈 자격이 없다. 그러니… 모두 사형이다."

레기온의 검에서 환한 빛 무리가 피어오르기 시작했다.

빛 무리는 곧 검의 형태처럼 응집했다.

그 광경을 본 뷰렉스나 다른 이들은 너무 놀라 입을 다물지 못했다.

다른 의미로 놀란 것은 로만슨도 마찬가지였다.

"모두 물러나라!!!"

그의 급한 외침이 끝나기도 전에 이미 레기온의 검은 움직이고 있었다.

"블러디 크로스(Bloody cross)."

레기온의 검이 빠르게 십자를 그렸다.

그러자 그의 검에서 뻗어나간 검붉은 광채가 십자 형태를 그리며 뻗어나갔다.

슈콰아앙—!!!

콰가강!!!!

블러디 크로스는 삽시간에 해적들을 집어삼키고 말았다. 광채에 담긴 강렬한 기운에 해적들은 단 한순간도 버티지 못하고 피투성이가 된 채 바닥을 나뒹굴고 있었다.

붉은 핏물이 웅덩이를 이루듯 바닥에 흘렀다.

"마…말도 안 돼……!"

그 힘을 알아본 로만슨이 눈에 띄게 굳은 표정을 지었다. 그는 다시 한 번 레기온을 바라보았다. 그의 검신에서 빛나던 광채… 로만슨은 그것이 무엇인지 알고 있었다. 평범한 장님인줄로만 알았던 그가…….

"말도 안 돼… 저 자가… 오러 블레이드를 다룰 줄 안다고……?"

게다가 레기온이 만들어낸 오러 블레이드는 과거 자신이 봤던 것보다 훨씬 더 위험한 냄새를 풍기고 있었다.

검에서 나오는 광채가 저만큼이나 강렬하지도 않았을 뿐더러 형체도 저렇듯 뚜렷하지 않았다.

그 말은 결국, 그때 눈앞에서 오러 블레이드를 보였던 사람보다 눈앞에 있는 괴물의 힘이 더욱 강하다는 뜻이었다. 로만슨은 그때서야 비로소 레기온이 했던 말의 무게를 뼈저리게 느꼈다. 저만한 힘을 가졌다면 자신들이 저 사내를 상대로 이길 수 있는 가능성은 제로였다.

그러나 가만히 앉아서 당할 수는 없는 노릇.

수하들은 이미 레기온이 보여준 엄청난 힘에 넋이 나가 있었다. 이 상황에서 정신을 차리고 명령을 내릴 수 있는 자는 자신밖에 없었다.

"모두 배로 도망쳐라!!! 저 괴물한테서 달아나!!"

로만슨이 고래고래 소리치며 먼저 내달렸다.

어차피 해적에게 체면이란 없었다. 강한 자를 만나면 도망치면 그만.

그것이 그동안 해적질을 하며 로만슨이 배운 삶의 지혜였다.

그가 도망치기 시작하자 다른 해적들도 도망치기 시작했다.

그들을 지켜보던 칼라반이 슬쩍 입을 열었다.

"운량."

"알겠습니다."

유운량이 앞으로 나서서 파초선을 크게 휘둘렀다.

그러자 거센 강풍이 일어나기 시작했다.

강풍은 곧 해적들의 배까지 불어 닥쳤다.

칼라반이 슬쩍 손을 들어 내공을 끌어올렸다.

[하급 어둠의 정령 카피오를 소환합니다.]

칼라반의 부름에 응한 카피오가 많은 이들의 눈을 피해 빠르게 몸을 날렸다. 카피오는 들고 있던 삼지창으로 배를 묶고 있던 밧줄들을 잘라버렸다.

그러자 강풍에 못이긴 해적선들이 부둣가에서 멀어지기 시작했다.

"아아……!"

"이…이게 무슨……!"

"뭐가 어떻게 된 거야!?!?"

해적선을 향해 냅다 내달리고 있던 해적들은 망연자실한 얼굴들을 하고 있었다.

그나마 그들이 도망칠 곳이라곤 해적선 밖에 없었는데 갑자기 해적선들이 약속이라도 한 듯 바닷가로 떠밀려가기 시작한 것이다.

그들이 낙담하면서도 다른 곳으로 도망치려는 때 갑

자기 몸이 굳어버린 것처럼 움직이질 않았다.

어떻게 해서든 움직이기 위해 안간힘을 써봤지만 몸은 꿈쩍도 하지 않았다.

[하급 어둠의 정령 카피오가 '어둠잡기' 스킬을 시전했습니다.]

바닥에 삼지창을 꽂은 카피오가 키득거리며 고개를 돌렸다. 그러자 카피오와 레기온이 시선을 마주했다.

'어둠의 정령…….'

이곳에 있는 다른 이들은 알아차리기 힘들었을지 몰라도 레기온의 눈에는 분명하게 보였다. 잠시나마 해적들의 움직임을 묶어두었던 카피오가 다시 어둠으로 돌아갔다.

"으…! 으아……!"

"사…살려주십시오!"

"이…이런 개 같은……!"

해적들은 저마다 욕지거리를 내뱉었다.

뒤편엔 바다, 앞에는 레기온이 다가오고 있었다. 그들은 궁지에 몰린 생쥐나 다름없었다.

이렇게 된 이상 그들의 선택은 단 하나 밖에 없었다.

해적들은 서로 약속이라도 한 듯 레기온을 향해 일제

히 달려들기 시작했다.

그러나 검붉은 광채가 다시 번뜩인 순간 그들의 몸은 두부 썰려나가듯 형체를 알아보기 힘들 정도로 잘려나 갔다. 그 모습에 잔뜩 굳은 얼굴을 하고 있던 로만슨이 돌연 비릿한 미소를 짓기 시작했다. 그는 시뻘겋게 충혈 된 두 눈으로 레기온을 올려다보았다.

"너… 그것 알고 있나?! 지금 여기서 우리들을 모두 죽이면, 귀족들도 가만히 있지는 않을 거다! 웃기는 일 이지만 놈들은 우리들에게서 많은 것들을 받아가고 있 거든. 돈 뿐만 아니라 귀한 보석들이나 진귀한 물품들. 그리고 노예들까지…! 만약 우리들을 죽인 것이 너라 는 것을 알게 되면 귀족들도 결코 가만히 있지 않을 거 다. 우리가 몰살당하면 귀족 놈들도 손해 보는 것들이 이만저만 아니거든 크흐흐……!"

천천히 검을 들어 올리던 레기온이 움직임을 멈추었 다. 그 모습을 본 로만슨도 두 눈에 이채를 띠었다.

그러나 이내 레기온의 차가운 목소리가 입 밖으로 흘러나왔다.

"지금 그걸 협박이라고 하는 거냐."

"크큭. 글쎄… 협박일지 아닐지는 네가 판단할 일이 다. 이곳 디라키온 귀족들의 분노를 감당할 자신이 있 으면 망설임 없이 우리들을 죽여 봐라. 크하하하!!"

그는 자신의 말이 레기온에 먹혀들고 있다 믿고 있었다. 그러나 레기온은 얼음장같이 차가운 얼굴로 로만슨의 옆에 있던 엘살바에게 검을 휘둘렀다.

　"크아악—!!!! 혀…혀…형님…….

　엘살바는 피를 쏟으며 애처롭게 로만슨을 바라보았다.

　"엘살바!!!"

　로만슨이 절규하듯 외치며 엘살바에게 다가갔다.

　그는 이미 숨을 거두어버린 엘살바를 끌어안으며 레기온을 노려보았다.

　"이런 빌어먹을 새끼가!!"

　"감당할 수 있다. 그러니 죽어라."

　레기온의 검이 다시 움직이자 이번엔 그릿다가 비명을 토해냈다. 이 같은 상황에 로만슨은 머리가 새하얘지는 느낌이었다.

　디라키온의 귀족들까지 들먹였는데도 상대는 전혀 아랑곳하지 않았다. 로만슨은 작금의 상황을 쉽게 받아들이지 못하고 있었다.

　"서…설마… 내가 귀족들에게 배신을 당하기라도 한 것인가……?"

　그렇게밖엔 생각할 수가 없었다. 그렇지 않고서야 눈앞의 사내가 이렇듯 아무렇지도 않게 행동할리 없었다.

그러나 마치 그의 생각을 비웃어버리기라도 하듯 레기온이 품속에서 무언가를 꺼내보였다. 그것의 정체를 알아본 로만슨은 믿기 어렵다는 얼굴로 몸을 떨었다.

"마…말도 안 돼…! 그 가면은… 어…어째서 제국의 심판관이 여기에……!"

제국의 심판관

　높은 탑에 올라선 아라카인이 바깥으로 보이는 풍경
을 내다보고 있었다.
　"이렇게 보고 있을 때마다 허탈하군……."
　"그러게 말입니다. 이렇게 간단한 것을 우리는 왜 생
각지 못했을까요?"
　"이래서 사람은 머리를 써야 한다는 말이 있는 거
다."
　그는 탑을 내려가기 전 다시 한 번 유운량이 만들어 놓
은 진을 살펴보았다. 그 사내는 다른 마법사처럼 방대
하게 무언가를 준비하고 마법진을 만들었던 것도 아니

었다. 이곳에 있던 수하들의 말로 유운량은 그저 주위에 보이는 나뭇가지나 돌과 같은 자연 일부의 것들을 옮겨대었다고 했다. 그리고 그가 이 마법진을 완성시켰다는 말을 전해온 후로부터 신기하게 몬스터들의 습격이 급격히 줄어들기 시작했다. 그 결과가 너무도 흥미로워 아라카인도 확인 해보기 위해 직접 이곳까지 찾아왔었다.

근처 모든 풍경이 한눈에 들어오는 이 탑에서 모든 것을 지켜보았을 때 아라카인은 충격으로 헛웃음만 나오는 것을 어찌할 수 없었다.

"그동안 우리는 이곳으로 습격해 들어오는 몬스터들을 죽일 생각만 했다. 그런데 저런 방식으로 다시 돌려보낼 생각 따윈 전혀 하질 못했었단 말이지. 그럴 필요가 없다 여겼으니까… 이것 참… 그런데 그런 생각으로 지난 몇 년 동안 우리가 해결해내지 못한 것을 겨우 며칠 만에 생각을 뒤집어 해결해 버렸다라…….."

그동안 아라카인과 바그라드의 검투사들은 어떻게 해서든 몬스터들을 죽이려 들었다. 녀석들을 죽이고 또 죽이며 압도적인 무력을 선사하면 몬스터들도 더는 이곳으로 침범할 생각조차 못할 것이라 여긴 것이다. 그러나 생각과는 다르게 몬스터들의 습격은 끊이질 않았다.

아무리 많은 몬스터들을 죽여 봐야 개체를 빠르게 늘리는 몬스터들의 경우 또다시 비슷한 숫자로 이곳을 습격해 왔던 것이다.

그러니 아라카인과 바그라드 사람들은 이 일을 오랫동안 골칫거리로 여겼었는데 우습게도 유운량은 단 며칠 내로 이 문제를 해결해버렸으니. 다시 생각해도 허탈한 일이었다.

"그것도 단순히 몬스터들이 길을 잃게 해 다시 돌아가게 만드는 방법으로……."

아라카인의 곁에 있던 수하가 왔던 길을 되돌아가는 몬스터를 보며 말했다.

"솔직히 말해서 그런 생각을 했다 한들 말이 쉽지 저런 일을 아무나 할 수 있는 것도 아니질 않습니까? 그냥 그때 찾아왔던 그 남자가 대단했던 겁니다."

"그렇지? 아무리 생각해도 그런 것 같지?"

"물론입니다. 이렇게 간단하게 저 어마어마한 마법진을 설치한 다는 것은… 분명 실력 있는 마법사이거나, 뭐 아무튼 그런 존재였을 게 분명합니다. 거기다 말도 얼마나 잘하던지. 그건 아라카인님도 봐서 알고 계시질 않습니까?"

"맞다. 나도 그 자의 말에 혹해 넘어가버리고 말았지. 참, 탐나는 인재였는데… 우리들 대부분은 검투사 출

신이라 제대로 머리를 굴릴 줄 아는 자가 없질 않냐. 그렇게 똑똑한데다 이런 마법진까지 만들 줄 아는 자가 우리와 함께였더라면…….."

지나고나니 점점 유운량에 대한 평가가 높아지고 있었다. 아라카인은 아쉬움에 입맛을 다셨다.

그는 이만 탑에서 내려와 중앙 대전으로 향했다.

아라카인이 주로 업무를 보는 곳이니만큼 바그라드의 모든 정보들을 처리하기 위해 많은 인사들이 이곳에 모여 있었다. 그가 중앙 대전으로 모습을 드러내자 업무를 하고 있던 이들이 인사를 건넸다.

"또 탑에 다녀오신 겁니까?"

"응. 워낙 신기해서 말이야."

"아버지. 그냥 이참에 사람을 보내서 그 사내와 공민 블레이드 후보까지 불러들이는 것은 어떻습니까? 톡 까놓고, 아버지가 그 블레이드 후보의 뒤를 봐준다고 하면서 가족으로 들어오라고 하면 좋아하지 않을 리가 없잖아요?"

"아니지! 뭐 하러 아버지가 먼저 그런 얘기를 해? 블레이드 후보가 여기로 찾아와서 부탁해도 모자를 판에 말이야. 말도 안 되는 소리야. 그건 아버지의 체면을 깎아내리는 거라고!"

"그건 또 그런 것 같네…….."

"그래도 나는 그 공민 블레이드 후보님이 마음에 들던데."

칼라반과 함께 움직였던 가니카스가 뒤에서 흐뭇한 미소를 지으며 말했다. 모두가 가니카스를 돌아보았다. 그것은 아라카인도 마찬가지였다.

그는 호기심 어린 눈으로 가니카스에게 먼저 질문했다.

"어떻더냐?"

"아버지보다는 못생겼다!"

"미친놈! 누가 외모를 물어봤냐!? 그 공민이라는 풋내기 녀석이 어땠냐고 묻는 거다."

"흐음… 사실 뭐라 말을 못하겠단 말이지!?"

"말을 못하겠다고?"

"응. 솔직하게 말해서 어떤 녀석인지 가늠할 수가 없었어."

"그게 대체 무슨 말이냐?"

"그러지 말고 아버지가 직접 가서 보는 것은 어때? 아니면 진짜 여기로 부르던지."

"으음……."

아라카인이 고민에 잠겨있는 때 누군가 이곳으로 다가왔다. 허겁지겁 달려온 사내는 숨도 고를 틈 없이 모두를 향해 손짓했다.

"속보야 속보!"

"속보?"

"드디어…! 드디어 기다리던 때가 왔어 아버지! 죄수 호송차가 움직일 거야."

"죄수호송차? 그렇다면…….."

"맞아. 붙잡혀 있던 바티투스 형이랑 다른 가족들을 구해낼 수 있는 유일한 기회야."

사내의 말에 아라카인이 두 눈을 부릅떴다. 이곳에 있는 다른 이들도 한껏 기뻐하는 눈치였다.

그때 아라카인이 가니카스를 바라보았다.

"가니카스!"

"엉?"

"확실하게 답해라. 공민이라는 풋내기, 내가 만나볼 가치가 있는 녀석이냐?"

"아버지도 산악 민족들 알지?"

"물론. 투박하지만 강한 정신을 갖고 있는 자들 아니냐."

"그 산악 민족들이 공민 블레이드 후보님을 따르기로 했어."

"……!"

"그러니 만나볼 가치가 있지 않겠어?"

가니카스의 말에 아라카인이 입술을 굳게 다물었다.

그런 그의 반응이 무언의 긍정임은 이곳에 있는 모두가 알고 있었다.

*　　*　　*

한기가 느껴지는 차가운 돌바닥 위.

많은 수의 사람들이 밧줄에 손을 묶인 채로 무릎을 꿇고 있었다. 그들은 모두 넋이 나가버리기라도 한 듯 멍한 얼굴들을 하고 있었다. 특히나 그들의 가장 선두에 있는 메도라스 백작의 얼굴은 가히 가관이라 할 수 있었다.

그는 파르르 떨리는 입술로 혼잣말을 연신 중얼거렸다.

"이…이런 있을 수 없는 일이… 어…어째서……."

그는 다시 고개를 올려다보았다.

앞에는 화려하진 않지만 정갈하게 옷을 갖춰 입은 사내가 의자에 앉아 있었다. 본래 저 의자의 주인은 메도라스 백작이었지만 지금은 그러지 못했다.

메도라스 백작과 가문 사람들은 모두 이곳으로 붙잡혀 와 이렇게 묶여 있는 상태였으니 말이다.

그는 자신의 주변을 둘러보았다.

일자 대형으로 늘어선 병사들과 기사들의 모습. 정제

된 판금 갑옷 위로 황금빛으로 수놓아진 모래시계를 관통하고 있는 검의 문양.

메도라스 백작이 이들의 정체를 모를 리 없었다.

그러나 문제는 어째서 지금 이들이 이곳에 있냐는 사실이었다.

"메도라스 백작."

의자에 앉아 있던 사내가 들고 있던 서류들을 살피며 입을 열었다. 차갑고 낮은 음성이었다. 아무 감정이 섞여 있지 않은 듯 들렸지만 메도라스 백작에게는 이상하게도 은근한 분노가 담긴 것처럼 들려왔다.

"예…예에……."

디라키온 도시 내에서도 손가락 안에 꼽힌 다는 권력자.

그런 메도라스 백작이건만 사내 앞에서는 한껏 움츠러든 모습이었다. 그를 따르는 많은 사람들도 이런 메도라스 백작의 태도는 처음 봤다. 그러나 상대가 상대인 만큼 그들도 어쩔 수 없다는 생각은 하고 있었다.

제국의 심판관.

광활한 제국 영토 내에서도 오직 1000명에게만 허락된 지위.

그들이 어떻게 어떤 식으로 선별되는 지는 아무도 알지 못했다. 뿐만 아니라 심판관들의 정체 또한 누구인지 철저한 기밀에 붙여졌다.

혹여나 신분이나 정체가 드러나는 심판관들이 있다면 황실의 비도(悲悼)라 불리는 나이트워커들이 찾아와 죽음을 선사할 정도로 기밀을 유지했다. 그들이 그만 큼 심판관들의 정체를 감추려 하는 이유는 간단했다.

심판관들이 가진 권력.

6명의 왕이 나오기 이전부터 활동했던 심판관들은 광활했던 제국의 영토를 떠돌아다니며 법을 어기거나 죄를 저지르는 귀족들을 심판할 수 있는 권력을 지녔다.

그 때문에 한때는 귀족들 사이에서 심판관의 존재는 사신처럼 여겨진 적도 있었다.

황실 직속이면서도 기괴하게도 독단적으로 움직일 수 있는 자들.

이렇게 강력한 권력을 지닌 만큼 심판관들의 정체가 드러나 이를 악용할 수 없도록 황실에서부터 철저하게 관리한 것이다.

하지만 작금에 이르러서 6명의 왕들이 분할 정치를 시작하며 심판관들의 역할도 많이 줄어든 상태였다.

드넓은 영토를 황제 혼자 다스리는 것보다 6명의 왕을 두어 다스리기 시작하니 귀족들에 대한관리가 조금은 더 수월해졌던 것이다.

황실은 그렇다고 해서 심판관의 존재를 없애지 않았

다. 귀족들에게 언제나 그들이 존재하고 있음을 인식시키기 위함이었다.

메도라스 백작은 다시 한 번 사내를 바라보았다.

얼굴을 가리고 있는 철제 가면. 이는 심판관들이 쓰고 다니는 가면과 일치했다.

철제 가면의 곳곳에 금빛으로 물든 부분들이 있었다.

다만 특이한 점이라면 눈 밑에 있는 붉은 장미였다.

메도라스 백작은 그 붉은 장미를 빤히 쳐다보았다.

그 붉은 장미를 보고 있자니 무언가 생각이 날 것 같으면서도 가물가물한 기억들이 뒤죽박죽 섞여들었다.

그러나 이내 그는 고개를 세차게 저었다. 지금 더 중요한 것은 이 난관을 어떻게 빠져 나가느냐 였다.

아직 자세한 정황도 드러나지 않은 마당에 자신을 이렇게 묶어놓은 것부터가 마음에 들지 않았지만, 지금 심판관이 읽고 있는 자료들은 이미 사전에 준비해놓은 것들이었다.

저 자료들로는 그 어떠한 문제도 찾을 수 없을 터.

자신이 죄가 없다는 것을 입증하기만 한다면 붉은 장미가 그려진 저 심판관을 상대로 황실에 따지고 들 생각이었다.

"재밌군. 더 없나?"

"예? 더 없냐니… 무엇을 말씀하시는 건지…….."

"메도라스 백작 그대가 장난쳐놓은 서류들 말이다. 더 없냐고 물었다."

"그게 무슨……."

쫘아악—!

심판관은 들고 있던 종이들을 단숨에 찢어버렸다.

종잇조각들을 바닥에 날려버린 심판관이 천천히 걸어 내려와 메도라스 백작의 앞에 섰다.

"해적들과 거래한 내용, 노예들을 비밀리에 타국으로 사고판 내용, 시민들에게 강제로 돈을 빌려주고 높은 이자를 받은 내용 등등. 들어가지 않은 내용들이 너무 많군."

심판관의 말에 메도라스 백작의 두 눈이 화등잔 만하게 커졌다. 그가 너무도 적나라하게 알고 있어 순간 저도 모르게 긴장을 풀어버린 것이다.

그리고 이 같은 표정 변화를 놓칠 심판관이 아니었다.

"표정을 보아하니 그대의 죄를 인정하는 것 같군. 황실에서 정해준 법대로 그대를 심판하겠다."

"그…그렇지 않습니다…! 대체 무슨 증거로!"

메도라스 백작이 다급하게 외치자 심판관이 그를 돌아보았다. 심판관이 손가락을 튕기자 곁에 대기하고 있던 기사 한 명이 여러 책들을 가져왔다.

그것을 알아본 메도라스 백작이 하얗게 질린 얼굴을

하고 말았다. 심판관이 집어든 책들은 모두 그가 비밀리에 작성하고 있던 장부였다.

"그 짧은 사이 집사를 시켜 장부를 빼돌리려 하다니."

심판관의 말에 메도라스 백작은 그만 고개를 땅에 처박고 말았다. 저 장부가 심판관의 손에 들어간 이상 그의 앞날은 불 보듯 뻔한 일이었다.

생각지 못한 방문자

    한편, 유운량과 칼라반은 함께 디라키온 도시를 둘러보고 있었다.

    "이곳 도시에도 한바탕 폭풍이 몰아치겠군요."

    "레기온이 나섰으니 잠잠하진 않을 거다. 하지만 녀석이 나서지 않았더라도 언젠가는 일어났을 일이었겠지… 지나치게 썩기 시작하면 지독한 냄새가 흘러나올 수밖에 없으니."

    "그나저나 레기온의 정체가 심판관이었다니… 정말 놀랍군요. 헌데 어째서 용서받지 못한 자라고 불리는 겁니까?"

"그건… 제국 황실의 명령으로 레기온이 타국과 내통한 귀족 가문을 처단하기 위해 움직였을 때부터였다. 레기온은 모든 정황을 확인했고, 타국과 내통한 것은 엄청난 중죄였기에 처단을 감행할 수밖에 없었다."

"처벌은 어떻게 이루어진 것입니까?"

"가문의 몰살. 관련된 이들을 모두 죽이는 것이 그때 황실의 법도였다."

"허어… 허면 살아남은 자들 중 그 가문과 관련된 이들이 레기온을 용서하지 않는 것입니까?"

유운량의 질문에 칼라반이 고개를 가로저었다.

"레기온은 심판관 중에서도 가장 유능하다 평가 받는 자였다. '하얀 장미'로 불리던 녀석은 황실에서도 신망이 두터운 심판관이었으며 귀족들에게는 공포의 대명사로 불리는 자였다. 그리고 이 사건 역시 레기온은 그 누구보다 깔끔하고 확실한 일처리를 보였다. 내통 죄에 관련된 이들은 자들은 단 한 명도 살아남지 못했어. 그 어떤 심판관도 녀석만큼 훌륭히 일을 처리해내지 못했을 거다."

"그것은 대단하군요……."

"그래… 그럴 수밖에 없었겠지. 그때 내통 죄로 몰살된 가문은 레기온 본인의 가문이었으니까."

"…! 아아……."

"모든 것보다 자신의 신념을 중요시 했던 녀석이다. 결국 녀석은 스스로의 신념을 지키기 위해, 제국을 위해 자신의 가문에 검을 빼든 거다."

"잔인한 일이로군요……."

"레기온은 사실 지금까지도 누구보다 이 제국을 증오하고 있을 거다."

"제국을 위해 자신마저 감추고 살아가는 자가 제국을 증오한다라… 아이러니하군요."

유운량과 칼라반은 약속이라도 한 듯 동시에 하늘을 바라보았다. 구름 한 점 없는 하늘은 무거운 얘기가 오간 것이 무색하리만치 맑았다. 그리고 그날 이후 디라키온 도시에 몇몇 소문들이 빠르게 퍼져나가기 시작했다.

하나는 로만슨이 이끄는 해적단의 몰살이었다.

디라키온 도시를 몸살로 앓게 했던 로만슨 해적단이 정체모를 누군가에 의해 몰살당한 채 발견된 것이다. 이를 듣게 된 도시 시민들은 한마음으로 기쁨을 드러내었다. 곧바로 이어진 소식은 시민들을 충격에 빠트리기에 충분했는데. 바로 메라도스 백작가의 몰락이었다.

메도라스 백작가는 갖고 있던 재산을 몰수당하고 귀족으로서의 지위도 박탈당하고 말았다.

뿐만 아니라 메도라스 백작과 식솔들은 밤중을 타 몰래 디라키온 도시를 빠져나간 것으로 드러났다.

마지막은 바로 심판관의 등장이었다.

심판관이 이곳을 다녀갔음을 알게 된 것은 심판관의 군사들 때문이었다.

가슴에 모래시계를 관통한 검의 문장을 달고 있는 기사들과 병사들은 오직 심판관들을 돕기 위한 병력들이었으니 말이다. 그들을 실제로 본 디라키온 시민들은 모두 어안이 벙벙해진 얼굴들을 하고 있었다. 한바탕 폭풍이 몰아친 덕분에 디라키온 도시의 분위기도 한층 어수선해지고 말았다. 그러나 그들은 언제 그랬냐는 듯 다시금 안정을 되찾아갈 것이 분명했다.

"정말 그렇게 왔어도 괜찮았나?"

칼라반은 곁에서 묵묵히 걷고 있는 레기온을 바라보며 물었다.

"충분합니다."

"오랫동안 만날 수 없게 될지도 모른다."

"괜찮습니다. 길게 인사를 나누는 것보다 이렇게 짧게나마 인사를 나누는 것이 저로선 더 마음이 편합니다."

레기온은 소니아와의 작별을 떠올렸다.

그녀는 레기온이 떠나기 전, 갑작스럽게 입술을 포개

었다. 그때의 부드러운 감촉은 아직까지도 입술에 생생히 남아 있는 듯했다. 이제 이 세상에 자신이 심판관이라는 것을 알고 있는 사람은 단 두 명.

한 명은 바로 옆에 있는 칼라반이었고, 다른 한 명은 소니아였다. 그 말은 즉, 그에게도 소니아는 이제 가장 특별한 존재가 되었다는 뜻이었다.

칼라반은 레기온을 물끄러미 바라보았다.

"어떤가. 돌아갈 가족의 품이 있다는 것은."

"후후… 저는 이렇게 잠깐 행복한 것만으로 족합니다. 물론 아직까지 제가 감히 이런 행복을 누려도 되는 것인가 싶기도 합니다만."

레기온은 문득 칼라반을 돌아보았다.

그는 일찍부터 가족을 잃었다. 그런 칼라반의 앞에서 말실수 한 것은 아닐까 생각이 든 것이다.

"괜찮다."

그런 레기온의 생각을 읽은 것인지 칼라반이 먼저 선답을 내놓았다. 레기온은 칼라반의 가족들이 어떻게 되었는지 전부 전해 들어 알고 있었다. 그리고 지금까지 생각보다 많은 시간을 칼라반과 함께 지냈었다.

그러니만큼 칼라반에게 가족이라는 의미가 얼마나 대단했던 것인지도 잘 알고 있었다.

"흑염을 다시 피우시겠다는 말씀은 역시… 그들을 태

워버리겠다는 말씀이시겠지요."

"물론이다. 많은 전우들이 재가 되어 하늘로 올라갔다. 그러니 녀석들을 생각해서라도 나는 가만히 있을 수 없다. 나의 전우들을 그렇게 만든, 그 자들의 행복을 불살라버리는 것. 그것이 현재 내가 살아가는 목표이자 내 삶의 이유다."

낮게 가라앉은 칼라반의 목소리에 위엄이 실려 있었다.

레기온은 홀로 무언가 결심한 듯 무겁게 고개를 끄덕였다.

"칼라반님의 뜻이 이루어질 수 있도록 이 한 몸 바치겠습니다."

"고맙다. 그러나 함부로 죽으려 들진 마라. 그대에게는 이제 돌아갈 가족들이 생겼질 않나? 그렇지 않아도 떠나기 전 소니아가 내게 부탁하더군. 너를 잘 챙겨달라고 말이야."

"아… 소니아가 그런 말을 했습니까… 후후."

기분 좋은 웃음이었다.

레기온은 간만에 순수한 미소를 보였다. 칼라반과 유운량, 레기온이 다시 아라곤의 거처로 도착한 때는 저녁 무렵이었다. 이라벨과 제르단이 그들을 반갑게 맞아주었다.

"어서 오십시오."

"돌아오셨어요!!"

그들은 못 보던 얼굴을 보자 누구인지 표정으로 물었다. 칼라반은 손으로 레기온을 가리키며 그를 소개했다.

"레기온이다. 나의 오랜 전우이자 친구이기도 한."

"레기온입니다."

레기온의 인사는 짤막했다. 그러나 임펙트 있는 그의 인사에 제르단과 이라벨은 순간 멍해진 얼굴을 했다.

그때 그들의 뒤편에서 여인의 목소리가 들려왔다.

"왜 이렇게 늦었어!?"

"벌써 돌아온 건가?"

"응!? 뭐야 그 말투는? 내가 빨리 돌아와서 불만인거야?"

"아니다."

칼라반과 여인의 대화를 듣던 레기온이 짐짓 놀란 얼굴을 했다. 여인의 시선이 레기온에게로 향했다.

"당신이 레기온이라는 사람?"

"그렇습니다만……."

레기온은 칼라반에게 앞의 여인이 누구인지 눈빛으로 물었다.

"헤이나라고 한다. 라그나로크에서 알게 된 인연으로

현재는 나를 도와주고 있는 여인이다."

"뭐야, 그게 끝?"

칼라반의 소개에 헤이나가 미간을 좁혔다. 뭔가 더 소개할 줄 알았는데 짧아도 너무 짧은 소개였다.

칼라반은 오히려 더 해야 할 말이 있냐는 얼굴로 그녀를 바라보고 있었다.

"아… 됐어, 됐어. 기대한 내가 바보지."

헤이나는 고개를 절레절레 흔들었다.

그녀를 포함해 이곳에 모여 있는 사람들을 둘러보며 레기온이 흐뭇한 미소를 지었다.

"좋군요."

"뭐가요?"

"이렇게 부드러운 분위기 속에서 있는 것 말입니다. 주군께서 편안한 분위기로 계시는 것을 보니 안심했습니다."

어느 샌가부터 레기온도 유운량을 따라 칼라반을 주군으로 부르기 시작했다. 갑자기 바뀐 그의 호칭에 칼라반이 예전처럼 자신을 부르라 했으나 레기온은 단호히 거절했다.

'저는 칼라반님을 따르는 수하입니다. 이전에는 심판관과 대기사장의 위치에서 만났지만 지금은 군주와 부하의 신분이질 않습니까. 그러니 이렇게 부르도록 해

주십시오.'

레기온의 말에 칼라반도 양보할 수밖에 없었다.

어차피 그가 계속해서 말린다 한들 순순히 말을 들을 레기온도 아니었다. 예전부터 외골수 기질이 있어 고집이 강한 사내였으니 말이다. 레기온의 합류로 모두가 통성명을 하던 때 이곳으로 손님이 찾아왔다. 게다가 그 손님의 정체는 모두가 놀라게 하기에 충분한 인물이었다.

그들의 앞에 선 사내.

우람한 체격에 허리까지 내려온 붉은 머리칼은 사내의 인상을 더욱 강하게 보이도록 했다.

"아라카인님⋯⋯?"

별다른 수행원들을 데리고 온 것도 아니었다.

단 두 명의 수행원만 데리고 온 것은 그만한 자신감을 내비치는 것이었다.

아라카인은 곧바로 칼라반을 알아보았다.

"네가 공민이라는 풋내기인가?"

"그렇습니다만. 누구십니까."

"나는 아라카인이다."

"라그나로크의 블레이드시군요."

"호오⋯ 조금은 놀랄 줄 알았는데⋯ 전혀 놀라지 않는 눈치로군."

아라카인은 의외라는 듯 웃고 있었다. 그 옆에 서 있던 가니카스가 칼라반을 향해 아는 체했다.

"안녕하십니까, 공민 블레이드 후보님. 저 또 왔습니다."

가니카스의 인사를 받아준 칼라반은 다시 아라카인을 올려다보았다. 과연 한 무리를 이끌어가는 수장다운 풍채라 할 수 있었다.

다부진 근육들에 새겨진 상처들.

그것만이 아니었다. 단지 앞에 서 있는 것뿐인데도 강대한 기운이 적나라하게 느껴졌다.

물론 이런 느낌은 칼라반에겐 익숙한 일이었다.

[위협적인 기운을 감지했습니다.]

[수라윤회심공이 활성화되어 신체를 안정화시킵니다.]

단전에서부터 시작된 칼라반의 방대한 내공이 전신을 타고 흘러나왔다.

그의 내공이 아라카인의 투기를 흘려내고 있었다.

"안으로 들어가시겠습니까. 아라카인님."

"흐음······."

아라카인은 팔짱을 낀 채 그를 내려다보았다.

놀라기는커녕 긴장조차 하지 않고 있는 얼굴이었다.

'지금껏 나를 만난 풋내기들 중에 이런 반응을 보였던 놈이 있었나?'

단언컨대 지금까지 단 한 번도 없었다고 말할 수 있었다. 아라카인을 직접 마주했던 블레이드 후보들은 하나같이 긴장한 모습들이 역력했었다. 그것은 블레이드 후보들 중에서도 강하다고 이름난 이들도 마찬가지였다.

당장 눈앞에 있는 헤이나도 막상 아라카인을 마주하니 굳은 표정을 짓고 있었다. 이는 그의 몸에서 자연스레 흘러나오는 투기가 상대에게 영향을 가했기 때문이었다.

그러나 놀랍게도 가장 가까이에서 투기에 노출된 칼라반은 아라카인의 투기를 물 흐르듯 흘려내고 있었다.

이를 알아차린 아라카인이 한쪽 입꼬리를 올렸다.

"재밌군."

그는 이제야 가니카스의 말을 조금 이해할 수 있었다.

그렇기 때문에 그는 곧바로 본론으로 들어가기로 했다.

"너. 나의 아들이 되어라. 어떻게 생각하나?"

"죄송하지만 거절하겠습니다."

"호오…? 이 좋은 기회를 거절 하겠다?"

"그렇습니다."

"너… 지금 내가 누군지 잊고 있는 것은 아니겠지?"

"물론 기억하고 있습니다. 아라카인님. 그리고 이런 제안을 거절한다고 해서 저희를 어찌할 분도 아니란 것도 알고 있습니다."

"크하하하!! 건방지군. 하지만 나쁘지 않다. 이렇게 당돌한 풋내기는 정말 오랜만이거든!"

아라카인은 진심으로 즐거워하고 있었다.

다른 녀석이었다면 시건방진 녀석이라 치부하며 인상부터 구겼겠지만, 이상하게도 눈앞의 사내는 싫지 않았다.

오히려 이런 여유가 어디에서부터 나오는 것인지 외려 궁금할 지경이었다.

그는 칼라반의 곁에 있는 자들부터 살폈다.

가장 먼저 유운량의 능력은 이미 직접 경험해보았을 정도로 잘 알고 있었다.

헤이나도 일전에 한 번 만난 적이 있었기에 잘 알았다.

그런데 다른 누구보다 아라카인의 눈에 들어오는 것은 그들이 아닌 한쪽에 위치해 서 있는 사내였다.

조용한 시선으로 자신을 바라보고 있었지만 그는 마

치 잘 벼려놓은 날카로운 칼날과 같은 눈빛을 하고 있었다.

검투사들 중에서도 저런 눈빛을 한 자는 늘 조심하는 것이 옳았다.

"마냥 볼품없는 녀석은 아닌 모양이고."

이런 자들이 칼라반을 중심으로 모여들었다는 것이 그의 호기심을 자극했다. 그는 입꼬리를 말아 올리며 홀로 마음의 결정을 내렸다.

블레이드가 되는 길

"좋다!! 저번의 일도 있으니 너에게 기회를 주도록 하겠다."

"갑자기 제게 기회를 주시겠다니… 무슨 말씀이신지 모르겠군요."

"이번에 죄수호송차가 움직일 거다."

아라카인의 말에 레기온이 먼저 반응했다.

칼라반도 죄수호송차에 관해선 잘 알고 있었다.

"그런데 그 죄수호송차가 움직이는 것이랑 제게 기회를 주겠다는 말씀이랑 어떤 관련이 있는지… 설마 죄수호송차의 죄수들을 빼돌리기라도 할 생각입니까?"

"호오… 바로 그렇다. 머리가 바로 돌아가는 녀석이로군."

"죄수들을 빼돌리다니… 그들을 구해내서 뭘 하려는 겁니까?"

그러나 칼라반의 반응은 냉담하기만 했다.

죄수호송차까지 사용해서 이송시키려는 죄수들은 대부분 중역 죄인들.

아무리 제국에 반하는 세력이 라그나로크라지만 중역 죄를 저지른 죄인들까지 구해내려 하는 것은 썩 달갑지 않은 일이었다.

죄수호송차를 타고 있는 죄수들 중엔 분명 평범한 제국민들에게도 커다란 해를 가한 죄인들이 있을 터였다.

거부감을 느끼고 있는 것은 레기온도 마찬가지였다.

"죄수호송차를 습격하는 것은 그다지 좋은 생각은 아닌 것 같습니다만… 게다가 죄수호송차를 이용해 이송시키는 죄수들이라면 이것을 지키는 죄수호송단 또한 만만치 않을 겁니다."

"그건 걱정하지 않아도 된다. 이번 작전에 우리도 적지 않은 병력들을 투입할 생각이니까."

"그렇게까지 죄수호송차를 습격하려는 이유가 무엇입니까?"

"사실 거기에는 그냥 죄수들이 타고 있는 것이 아니야. 바로 우리의 가족들이다."

"가족들?"

"그 죄수호송차에 타고 있는 죄수들은 별다른 죄를 저지른 놈들이 아니다. 우리와 함께 제국에 대항해 운명의 굴레에 맞서 함께 싸웠던 나의 가족들이 타고 있는 것이다. 노예의 삶에서 벗어나 자유를 찾고자 싸웠던 것이 너에겐 죄로 느껴지는가?"

"그런 일이 있었군요……."

"나는 무슨 일이 있어도 녀석들을 구해낼 것이다. 녀석들은 나를 믿고 함께 싸워주었다. 그러니 나도 녀석들의 기대에 부응해 꼭 구해내야만 한다."

아라카인의 진심어린 말이었다.

특히나 칼라반은 지금 아라카인의 심정에 충분히 공감할 수 있었다.

"만약 이번 임무에 참여해 나를 도와준다면 답례로 나 또한 너를 도와주도록 하겠다. 너를 이곳에서 내보내주는 것으로 말이다."

"이곳에서 말입니까?"

"여기로 임무를 보내진다는 것이 어떤 의미인지 너도 들어서 잘 알고 있을 거라 생각한다. 라그나로크 내에서도 중역을 맡을 생각이라면, 블레이드 후보로서 성장할 생각이라면 적어도 이곳에 있어선 안 될 거다. 어 떠냐, 흥미가 생길 정도로 괜찮은 기회이질 않나?"

"그런 것에는 크게 관심 없습니다."

"관심이 없다!?"

이번엔 아라카인의 미간이 좁혀졌다.

관심 없다 말하는 칼라반의 말이 진심처럼 느껴진 것 이다.

그는 정말로 칼라반의 눈에 그런 것에 대한 열망이 보 이지 않아 조금은 실망한 눈치였다.

"쩝… 생각보다 꿈이 작은 사내였나? 그렇게 보이진 않았다만…….."

"제 말을 잘못 이해하신 것 같군요. 저는 라그나로크 내에서 중역을 맡는 것에 관심이 없다 말한 것뿐입니 다."

"그럼 너는 어떤 것에 관심이 있는 거지? 무엇이 되고 자 하는 것이냐?"

"블레이드가 될 겁니다."

"크하하! 그래서 중역을 맡는 것에 관심이 없다 말한 것인가! 블레이드라면 그들 위에서 군림하는 존재니까 말이야. 그래, 좋다! 블레이드 후보라면 누구나 그런 꿈은 가지고 있겠지. 하지만 현실적으로 블레이드가 된다는 것은 말만큼이나 쉽진 않을 거다."

"3년."

"음?"

"3년이면 충분합니다. 그 기간 안에 블레이드라 일컬을 수 있는 수준으로 올라서보지요."

"호오… 지금 감히 블레이드인 내 앞에서 겁도 없이 그런 얘기를 하는 거냐?"

"물론입니다."

칼라반의 폭탄 같은 발언에 일순간 정적이 흘렀다.

그의 자신감 넘치는 태도에 레기온과 유운량은 당연히 가능하다는 얼굴을 하고 있던 반면, 헤이나는 못 말린다는 표정을 짓고 있었으며, 다른 이들은 놀라 아무런 말도 하지 못하고 있었다.

"크흐흐! 좋아, 기대하마. 만약 네가 정말로 3년 안에 나와 같은 위치에서 선다면 너를 나의 동생으로 받아들여주겠다."

아라카인의 말에 이번엔 가니카스와 함께 따라온 노드먼이 입을 떡하니 벌리고 말았다.

그의 동생이 된다는 것은 사실상 엄청난 의미를 지닌 것이기도 했다.

하지만 이곳에 있는 다른 사람들은 아라카인의 말을 전혀 이해하지 못하고 있었다.

칼라반은 슬며시 고개를 저었다.

"동생보다는… 친구가 좋겠군요."

"크하하하!! 뭐라고!? 역시 기대를 저버리지 않는구나! 친구라! 그 말은 즉 블레이드가 되는 것뿐만 아니라 나와 동일한 선상에 위치할 수 있다는 얘기겠지!?"

"물론입니다."

"크흐흐! 그래, 물론 그래야겠지. 그렇지 않으면 내게 잡아먹히는 것은 겁도 없이 말을 내뱉은 네가 될 테니까 말이야. 그런데 3년이라… 그 짧은 기간 동안 어떻게 나와 같은 위치에 오른다는 거냐? 지금 네 수준으론 나는 물론 다른 블레이드들을 죽일 수 있을 정도의 실력까지 성장하긴 어려울 거고… 라그나로크 내에서 원로들에게까지 인정받을만한 공을 세우는 것도 결코 쉬운 일은 아닐 테지. 아니, 솔직히 말해서 후자의 방법은 거의 불가능할거다. 이미 원로들과 손을 맞잡은 몇몇 블레이드 녀석들이 그들을 이용해 철저하게 방해 할 테니 말이야. 라그나로크 내에서 블레이드의 숫자가 늘어나는 것은 썩 달갑지 않은 일이기도 하니까. 그럼 마지막은 결국 블레이드로 인정받을 수밖에 없을 정도의 세력을 갖추는 것뿐인데…….."

아라카인은 다시 한 번 칼라반의 주위를 둘러보았다.

제법 쓸 만해 보이는 인재들이었지만 이 정도 숫자로는 턱없이 부족했다.

"하지만 그것 또한 쉽지 않을 텐데… 설마 분열된 '이 클립스'를 통일이라도 해볼 생각이냐?"

"이클립스?"

"응? 뭐야 이클립스에 대해서 모르고 있는 거냐? 그 럼 대체 무슨 방법으로 세력을 구축할 생각이었던 거 야?"

"이클립스라는 건 무슨 말입니까?"

이클립스라는 단어가 나오자 헤이나가 이에 대해 아 는 얼굴을 하고 있었다.

그 모습을 보며 아라카인이 웃었다.

"이클립스는 초대 블레이드인 이슈하르트를 따랐던 세력을 말한다. 그들은 광신도처럼 이슈하르트를 따랐 지. 그 이유가 무엇인지는 나도 몰라. 그러나 이슈하르 트가 단순히 강했기 때문만은 아닐 거다. 실제로 이슈 하르트가 모습을 감춘 이후 많은 강자들이 그들의 힘을 탐내며 이클립스를 노렸으나 모두 실패했으니까. 아, 그리고 보니 이슈하르트의 딸이 블레이드 후보로 있다 고 들었는데……."

아라카인은 헤이나쪽을 바라보며 넌지시 물었다.

그가 헤이나를 바라보자 다른 이들의 시선도 그녀에 게로 향했다.

그러고 보니 헤이나도 오랜 시간 블레이드 후보로 있

었으니 이에 관한 것을 잘 알 수도 있겠다 싶었다.

"헤이나. 혹시 알고 있는 거냐?"

"뭘? 이슈하르트의 딸을?"

"그렇다."

"그럼 잘 알고 있지. 게다가 너도 이미 봤는걸."

"내가 이미 봤다고?"

"그래. 그날 샹그렐라에서 나와 함께 있던 여자애, 루시엔. 걔가 바로 이슈하르트님의 딸이야."

"아…….."

칼라반은 헤이나가 말하는 날을 곧바로 떠올렸다.

처음 하이데와 부딪힌 날이었다. 그리고 그날 루시엔이 어떤 모습이었는지도 기억났다.

헤이나도 어디 가서 기죽지 않을 만큼 미인이었지만, 그녀가 시원시원한 매력의 아름다움을 지녔다면 루시엔은 고풍스러운 아름다움이었다.

새하얀 피부와 유난히 붉은 입술.

거기다 그녀가 풍기는 도도한 분위기는 여느 귀족가의 여식이랑은 비교조차 불가할 정도였다.

그것이 칼라반이 기억하는 루시엔의 첫 모습이었는데 그녀가 칼라반의 뇌리에 박힌 것은 다른 것 때문이었다.

바로 그녀가 그날 그를 스쳐지나가며 낮게 읊조리듯

한 말.

그 말을 아직도 생생히 기억했다.

'다음부터는 당신의 주제를 알고 나서요.'

차가운 그녀의 목소리가 다시 귓가에 맴도는 듯 했다.

"블레이드의 딸이었나… 그런데 이슈하르트라는 블레이드는 어쩌다 모습을 감춘 거지?"

"글쎄… 그건 나도 잘 몰라. 어느 날 갑자기 연기처럼 사라졌다고 하니까… 들어보니 워낙 혼자 다니는 것을 좋아하는 분이라 그때도 다들 그러려니 했다고 해. 그러나 자리를 비운 기간이 길어지면서 이클립스에서도 이슈하르트님을 찾기 위해 여기저기 움직였지만… 끝내 그분을 찾지 못했고…….."

헤이나는 여기저기에서 들었던 내용들을 상기했다.

하지만 자세한 것은 그녀도 잘 모르고 있었다.

이에 아라카인이 대신 나섰다.

그래도 이런 사실에 있어선 헤이나보다 아라카인이 더 잘 알고 있었다.

"내 생각에 이슈하르트는 마검을 찾아 나선 거다."

"마검이요!? 설마 라그나로크 어딘가에 있다는 그 마검을 말씀하시는 건가요? 하지만 그건 단지 소문에 불과한 것으로 알고 있는데…….."

놀란 헤이나가 아라카인을 돌아보았다.

"아니, 아마 마검은 실제로 존재하고 있을 거다. 이슈하르트는 검에 미친 인간이었다. 무(武)를 최고로 여겼던 만큼 더욱 강해지기 위해 매일 같이 뼈를 깎는 수련을 하던 블레이드였어. 그랬기 때문에 같은 블레이드들도 그의 존재를 인정할 수밖에 없었지. 그러던 그가 어느 날 자신의 힘을 온전히 받아낼 검이 필요하다 말했었다. 그때부터였다. 그가 마검에 관심을 보이기 시작한 것이."

"아아… 그래서 마검을……."

"물론 이건 어디까지나 추측일 뿐이다. 정말인지 아닌지는 아무도 모를 일. 하지만 지금까지도 다시 돌아오지 않는 것을 보아선 마검을 찾기 위해 나서다 죽었다는 것밖엔 생각할 수 없다."

그들의 얘기를 듣고 있던 레기온이 가만히 고개를 끄덕였다.

"마검이라… 상당히 흥미로운 얘기군요. 게다가 아주 허무맹랑한 얘기는 아닙니다. 실제로 마검 비슷한 것을 사용한 사람을 알고 있으니까요. 그렇지 않습니까 주군?"

"……."

칼라반은 그저 고개를 끄덕이는 것만으로 답을 대신했다.

그의 안색을 살핀 레기온이 뒷머리를 긁적였다.

"그러고 보니 주군께는 떠올리기 꺼려지는 기억이실 수도 있겠군요. 제가 괜한 말을 한 것 같습니다. 그보다 차라리 잘된 일 아닙니까? 어쩌다보니 방법은 여기 있는 블레이드 분께서 가르쳐주었습니다. 그 이클립스라는 세력을 주군께서 통일하면 자연스레 그들을 산하에 두게 되겠군요. 그렇지 않아도 많은 병력을 어떻게 보충해야하나 고민하고 있었는데 잘 되었습니다."

"뭐라? 크하하하!!"

레기온의 말을 들은 아라카인이 큰소리로 웃음을 터트렸다.

그뿐만 아니라 함께 온 가니카스와 노드먼도 표정을 관리하느라 애썼다.

한바탕 웃고 난 아라카인이 레기온을 내려다보았다.

"지금까지 내 말을 어떻게 들은 거냐? 그것은 결코 쉬운 일이 아니다. 말처럼 그렇게 쉽게 이클립스를 굴복시킬 수 있었으면 누구나 다 했겠지. 게다가 이클립스의 몇몇 대장 놈들은 나조차도 인정하는 실력자들이다. 이슈하르트의 말이 아니면 곱게 움직이지 않는 고집불통들을 너희들이 무슨 수로 굴복시킨다는 얘기냐!? 됐다. 어쭙잖은 얘기는 이제 그만하고 자리를 옮기는 것이 어떻겠나? 죄수호송차에 관한 얘기나 나눠

보도록 하게."

아라카인은 본래 자신이 이곳으로 찾아온 이유를 확실히 하기 위해 자연스럽게 대화의 흐름을 바꾸었다.

칼라반이나 다른 일행들도 이클립스에 관한 얘기는 잠시 뒤로 접어두고 아라카인의 말에 집중하기 시작했다.

죄수호송차 습격 작전

　아라카인이 말하는 작전은 아주 간단했다. 죄수호송
차가 제국의 영향력이 가장 적게 미치는 로하의 협곡을
지날 때 그곳에서 습격을 감행하자는 얘기였다.

　모두 아라카인이 준비한 지도를 바라보며 잠자코 그
의 나머지 작전을 듣고 있었다. 사실 작전이라고 부르
기도 애매했다. 그러기엔 지나치게 단순했던 탓이다.

　"그게 끝이에요?"

　듣고 있던 헤이나가 설마 싶어 물었다. 그러나 들려오
는 대답은 아주 경쾌했다.

　"그렇다!"

그녀는 자신 있게 답하는 아라카인을 보며 입을 벌리고 말았다. 죄수호송차가 협곡을 지날 때 그들의 길목을 막고 전면전을 벌인다.

지나치게 자신들의 실력만 믿고 있는 작전이었다.

"하다못해 그쪽에 몰래 숨어 있다가 기습이라도 해야 하는 것 아닌가요? 이건 좀 너무……."

"으악! 기습이라니요!? 우리는 그런 것을 정말 싫어합니다. 무조건 정면승부! 남몰래 뒤에서 칼이나 꽂는 것은 검투사답지 못한 행동입니다."

아라카인 대신 가니카스가 답했다.

노드먼과 아라카인도 이 말에 동의하고 있었다.

펄럭.

유운량은 갑자기 파초선을 펼쳐들었다. 그의 두 눈은 빠르게 협곡의 주변부를 살폈다.

그리곤 파초선의 끝으로 한쪽을 가리켰다.

"전면전을 벌이는 것은 그다지 좋지 못한 생각 같습니다. 우리 쪽도 피해가 클 수 있으니까요. 그보다 죄수호송차가 지나는 길목이 이곳이 확실하다면, 차라리 이곳에 제가 진을 펼쳐놓도록 하겠습니다. 그 후에 저들이 혼란에 빠지면 공격을 감행하는 것이 어떻겠습니까?"

"결국은 기습을 하자는 얘기 아닌가?"

"그렇습니다. 협곡이니만큼 몸을 숨기기에 적당한 곳이 얼마나 있을지는 모르겠지만… 참전하는 자들의 수에 따라 용이한 곳을 미리 찾아놓으면 될 겁니다. 만약 그럼에도 적당한 장소를 찾지 못한다면 이 또한 제가 진을 펼쳐 몸을 숨길 수 있도록 조치해놓도록 하겠습니다."

그나마 유운량이 괜찮은 제안을 내놓았다.

아라카인이나 가니카스, 노드먼은 탐탁지 않아하는 얼굴이었으나 딱히 거절하는 의사를 내비치진 않았다. 그들에게 유운량은 이미 어느 정도 신뢰가 있는 인물이었다.

다행히 유운량의 말이라면 어느 정도 양보해서 생각할 수 있는 눈치들이었다. 그때 그들의 뒤에서 지도를 살피던 누군가가 앞으로 나섰다.

"죄송하지만 이 길목은 별로인 것 같습니다."

"이 길목이 별로라니 그게 무슨 말씀이십니까?"

앞으로 나선 이는 한니발이었다.

그는 오른손으로 턱을 매만지며 지도를 뚫어지게 바라보고 있었다. 특히 협곡을 자세하게 나타낸 지도에 유독 시선이 머물렀다.

"이곳은 기습을 감행하기에 무대가 아름답지 않습니다. 그러니 저라면 로하의 협곡에선 기습하지 않을 겁니다."

한니발의 말에 레기온이 그를 돌아보았다.

잠깐이지만 그를 바라보는 레기온의 눈빛이 달라졌으나 한니발은 이를 눈치채지 못한 듯 보였다.

한니발의 말에 호기심을 느낀 유운량이 되물었다.

"흐음… 어째서인지 이유를 알려주실 수 있겠습니까?"

"일단 깔끔하지 않습니다. 빈틈이 없는 협곡처럼 보이지만 제가 알기로 로하의 협곡은 틈새의 길들이 있는 것으로 알고 있습니다. 그러니 적들은 습격 받는 와중에 이 도주로들을 통해 도망갈 수 있을 겁니다. 또한 제가 죄수호송차를 이끄는 대장이라면 이곳에서 누군가의 기습이 있을 거라고 충분히 예상할 수 있을 것 같습니다. 예상을 한다면 당연히 이에 대한 대책들도 얼마든지 세울 수 있겠죠."

한니발의 말에 가니카스가 발끈하고 나섰다.

"예상을 한다고? 전혀 그렇지 않을걸? 제국은 지금 우월주의에 빠져있다. 스스로에 대한 자신감이 과한 상태! 감히 누가 죄수호송차를 습격할거라고 생각하겠나?"

"죄수호송차를 이끄는 자라면 아마 완벽함을 기하거나 꼼꼼한 사람일 가능성이 높습니다. 그렇지 않고서야 이런 중요한 임무를 맡기 어려울 테죠. 게다가 습격하는 우리로선 모든 가능성을 염두 해 두어야 하지 않겠습니까? 그래야 가장 성공적인 작전이 펼칠 수 있기도 할 겁니다."

"그렇군. 그렇다면 한니발 너는 로하의 협곡이 아닌 어느 장소가 적합하다고 생각하는가?"

칼라반의 질문에 한니발은 거침없이 지도의 한쪽을 손가락으로 짚었다. 그가 짚은 곳은 다름 아닌 산이었다. 이를 본 가니카스가 두 눈을 동그랗게 떴다.

"여기는… 카메시타 산맥? 지금 여기에서 작전을 펼치자는 거냐? 제정신으로 하는 말 맞지…!? 여기라면 제국군 놈들이 쉽게 빠져나갈 수 있는 곳이잖아?"

"반대로 말하면 저희들도 쉽게 빠져나갈 수 있는 장소이기도 합니다."

"뭐!? 너는 지금 우리가 제국군을 상대로 도망갈 것부터 생각하는 거냐?"

"이 작전의 주인공이 누구입니까?"

"주인공……?"

"이 작전의 주인공은 죄수호송차에 탄 죄인… 아니, 아라카인님의 가족들입니다. 그들을 구해내는 것이 목적 아니었습니까? 그런데 어째서 제국군을 모두 죽일 생각을 하고 계시는 겁니까? 제국군은 결코 이 무대의 주인공이 아닙니다."

"하!?"

한니발의 말에 가니카스가 기가 차다는 얼굴을 하고 있었다. 그러나 칼라반이나 유운량, 레기온 등은 그의 말을 진중하게 들었다. 이는 아라카인도 마찬가지였다.

"그러니까 네가 하고 싶은 말은… 나의 가족들을 구해내는 것에 더 집중이 필요하다는 얘기인데… 그러려면 제국군을 모두 죽여야 하지 않겠나? 그러기 위해서 더더욱 이 협곡이 적당한 것 같다만."

"그렇지 않습니다. 우선 조금 전에 말씀드린 것처럼 로하의 협곡은 곳곳에 저희가 모두 파악하기 힘들 정도의 폭 좁은 길들이 나있을 겁니다. 많은 인원들이 다니기엔 부적합하지만 몇몇 인원들이 도망치기에는 충분한 폭이겠죠. 게다가 이쪽에서 많은 병력을 투입하지 않는 이상 그들을 모두 쫓는다는 것은 불가능한 일. 뿐만 아니라 적들이 미리 대책을 세웠을 경우, 죄수호송차를 탈환하고 그들을 데리고 움직이는 것도 또 다른 문제로 찾아올 겁니다."

"……."

"분명 제국군은 다시 죄수들을 되찾기 위해 빠르게 우리를 추격하기 시작할겁니다. 그렇게 되면 결국 저희는 그들의 추격까지 받으며 죄수호송차에서 빼낸 검투사들과 함께 몸을 피해야 할 겁니다. 물론 이미 체력적으로 바닥이 난 그들을 데리고 제국의 추격을 온전히 뿌리친다는 것은 결코 쉬운 일이 아니겠지요."

"그럼 카메시타 산맥에서는 괜찮다는 말이냐?"

아라카인의 물음에 한니발은 망설임 없이 고개를 끄덕였다.

그는 죄수호송단의 출발지부터 카메시타 산맥까지 손으로 그어보였다.

"그들이 이곳으로 도착할 때쯤이면 저녁 무렵이 될 겁니다. 밤이라면 기습을 하기 위해 몸을 감추는 것도 어렵지 않을 겁니다."

"어떻게 그리 자신하는 거냐? 밤이라 녀석들이 카메시타 산맥을 넘지 않으려 할 수도 있지 않나?"

"아뇨. 카메시타 산맥은 주변까지 워낙 산세가 험해 이들이 쉴만한 마땅한 곳이 없습니다. 그렇다고 다른 큰 도시로 돌아간다 해도 똑같이 길은 험하고 오히려 목적지까지 돌아가는 꼴이 될 겁니다. 그럴 바엔 차라리 밤중을 타서라도 카메시타 산맥을 넘고, 바로 근처에 있는 이곳 코드모로 도시에서 휴식을 취하는 것이 낫다는 선택을 하겠지요. 그러니 저희는 그 틈을 타 이들을 저들을 기습하면 됩니다. 밤중이라 저희들의 모

습을 분간하기도 어려울 테니 더없이 좋은 시간이기도
할 겁니다."

"만약 작전 도중 제국군들이 도망을 가게 된다면?"

"그냥 놔두시면 됩니다. 어차피 저희들의 목적은 죄
수호송차를 탈환하는 것이지 제국군을 모두 죽이는 것
이 아니니까요. 그들이 저희들로부터 도주에 성공한다
한들 밤중에 도움을 청할만한 곳도 없을 겁니다. 뿐만
아니라 길이 한정되어 있는 로하의 협곡과는 다르게 이
곳은 여러 갈래로 몸을 피할 수 있으니 우리가 어느 쪽
으로 도망갔는지 저들로선 예측하기 힘들 겁니다."

"흐음… 그렇군. 이제야 무슨 말인지 어느 정도 이해
가 가는 구만."

아라카인이 연신 고개를 끄덕였다. 그는 다시 로하의
협곡 쪽으로 시선을 돌렸다. 적들의 상황만 신경 썼지
후에 자신들의 상황에 대해선 전혀 신경 쓰지 못하고
있었다. 그런데 한니발의 말대로 카메시타 산맥에서
작전을 펼친다면 여러모로 이점이 있다는 생각이 들었
다.

아라카인뿐만 아니라 모두가 한니발을 다시 보았다.

유운량이 파초선으로 입가를 가리며 말했다.

"한니발 씨에게 이런 능력이 있는 줄은 몰랐군요."

"하하… 저는 다른 분만큼 실력이 있질 못하니 이런

쪽의 책들을 유심히 살펴봐왔던 것뿐입니다. 혹시나 싶어 알아두었던 것들을 말씀드려 봤는데… 괜찮았습니까?"

조금 전 자신 있게 말하던 것과 다르게 한니발은 멋쩍은 미소를 지으며 슬며시 뒤로 물러섰다.

그런 한니발의 어깨 위로 칼라반이 손을 얹었다.

"아주 많은 도움이 되었다. 훌륭했다."

칼라반의 칭찬에 한니발도 기쁜 얼굴을 드러내었다.

레기온은 그런 한니발을 지켜보며 홀로 무언가를 생각하고 있는 모습이었다.

결국 한니발의 의견을 중심으로 모두가 자세한 작전을 구상했다. 그들은 한참 동안의 시간이 지나서야 작전의 대략적인 그림을 완성할 수 있었다.

아라카인도 이만 자리를 떠날 준비를 했다.

"좋아, 그럼 이렇게 작전을 수행하는 것으로 정하겠다. 우리 측에서도 병력을 보낼 테니 너희들도 늦지 않게 도착하길 바란다."

"이번 죄수호송단의 규모가 어느 정도 되는지 아십니까?"

"대략 만 명 정도 되는 것으로 알고 있다. 죄수호송단의 단장이 누가 될지는 아직 정해지지 않았지만 누가 되건 딱히 상관없을 거다. 어차피 우리는 무슨 수를 써서라도 가족들을 구해낼 생각이니까."

"알겠습니다. 그럼 그때 뵙도록 하지요."

"크하하하!! 벌써부터 제국 놈들에게 한 방 먹일 생각을 하니까 즐겁구만!"

벌써부터 신이 나는지 호탕하게 웃어젖힌 아라카인은 가니카스와 노드먼을 데리고 이만 바그라드로 돌아갔다.

그들이 떠나고 다른 이들도 각자 휴식을 취하기 시작했다. 한니발도 간단한 업무를 본 후 조용히 자신의 거처로 돌아왔다. 그런데 그보다 한 발 먼저 그의 거처에 들어와 있는 이가 있었다.

"아……."

홀로 의자에 앉아 있는 레기온을 보며 한니발은 짐짓 놀란 얼굴을 보였다.

레기온의 무심한 눈동자가 그를 바라보았다.

"그렇게 놀란 척할 필요 없다."

"예? 그게 무슨 말씀이십니까?"

"내가 이곳에 있었다는 것쯤은 미리 알고 있었지 않나?"

"아니요… 저는 레기온님께서 제 방에 와계신 것을 보고 놀랐습니다만……."

"연기가 서툴군."

레기온은 천천히 몸을 일으켜 한니발 쪽으로 다가왔다.

한니발은 그런 레기온을 가만히 바라보고만 있었다.

그는 순간적으로 레기온의 두 눈동자가 자신의 모든 것을 꿰뚫어보고 있는 것만 같은 느낌을 받았다.

"거짓말도 서툴고."

레기온은 어느새 자신의 얼굴을 한니발의 가까이로 가져갔다. 그의 눈동자와 한니발의 눈동자가 가까이 마주했다.

"다른 것은 몰라도 눈동자는 거짓을 말하기 힘들어하지."

그러자 한층 떨리던 한니발의 눈동자가 거짓말처럼 점차 가라앉기 시작했다. 마치 뜨겁게 흐르던 피가 한 순간에 차갑게 식어버리는 느낌이었다.

"너. '그쪽' 세계의 녀석이지? 베일에 싸여 있는 가면 놈들."

"……."

"무슨 이유로 주군의 곁에 머물고 있는 거냐?"

"어떻게… 눈치채신 겁니까?"

"보통 자신이 약하다고 해서 암습이나 기습에 관심을 두진 않지. 오히려 스스로 더욱 강해지려 노력하는 것이 정상일거다. 게다가 조금 전 보인 네 말투. 그것은 이미 몇 번쯤은 경험해 본 사람의 것이었다. 마지막으로 표현. 암습이나 기습 같은걸 그렇게 표현하는 것은 내가 알기로 '그쪽' 녀석들밖에 없다."

"솔직히… 놀랐습니다. 그런 적은 정보로… 아니, 다른 것보다 이쪽의 표현까지 잘 알고 계시다니… 그 자체만으로 죽음을 피하기 어려우셨을 텐데……."

"이곳으로 오기 전 내 신분이 워낙 특별해서 알고 있는 것뿐이다. 자, 그나저나 이제 내가 너에 대해 눈치 채버렸으니… 어떻게 할 생각이지? 나와 싸움이라도 벌여볼 생각인가?"

어느새 레기온의 표정이 싸늘하게 뒤바뀌었다. 그의 전신에선 진득한 살기가 흘러나오고 있었다.

그들의 존재

"아니요. 그럴 리가 있겠습니까. 제 수준으로 당신을 어쩌지 못한다는 것쯤은 저도 잘 알고 있습니다. 더군다나 당신도 잘 알다시피 저는 이렇게 모습을 보인 전면전에 특화되어 있지도 않습니다."

한니발은 싸울 의사가 없다는 얼굴로 두 손을 들어보였다.

그러자 레기온이 발산하던 살기도 한층 누그러졌다.

"그럼 이제 말해봐라. 어째서 주군의 곁에 있는 거지? 무슨 목적이냐?"

"목적이 있어서 함께 하고 있는 것은 아닙니다. 저는

이미 그곳을 떠나온 사람이니까요."

"거짓말마라. 그곳에서 떠나온다는 것이 불가능하단 것은 나보다 네가 더 잘 알고 있을 텐데?"

"일반적인 경우라면 그렇습니다만… 저는 아닙니다."

"너는 아니다?"

"예. 거기엔 말 못 할 사정이 있습니다만… 아무튼 저는 이제 그쪽 세계와 관련이 없다는 것은 믿어주었으면 좋겠습니다. 진심임을 증명하기 위해서라면 제 목숨쯤은 아무렇지 않게 내놓을 수 있습니다."

한니발은 레기온이 다시 한 번 물어볼까 단호히 선을 그었다. 그러나 레기온은 여전히 그를 의심하는 눈초리였다. 이에 하는 수 없이 한니발이 말을 덧붙였다.

"…모두 겁쟁이들뿐입니다."

"갑자기 그게 무슨 말이지?"

"당신은 예술가가 오랫동안 예술을 하지 않으며 살아갈 수 있을 거라 생각하십니까?"

갑작스러운 질문에 레기온도 잠시 생각에 잠겼다. 이내 그는 고개를 가로저어보였다.

"그렇진 못할 것 같군."

"맞습니다. 예술가는 예술을 해야 합니다. 하지만 그들은 지금 오랫동안이나 예술을 하기 두려워하고 있습

니다. 어이가 없을 정도로 말이죠."

한니발은 답답한 표정을 짓고 있었다.

"그래서 오랫동안 그들이 모습을 드러내지 않고 있는 건가? 한때는 공포의 대상으로 불렸던 곳인데……?"

"후후… 그것도 다 과거의 일일 뿐입니다. 지금은 그저 바깥으로 나서길 두려워하는 겁쟁이들에 불과하니까요."

"아니, 그렇진 않을 거다. 아무리 시간이 지났다고 한들 어나니머스는 어나니머스. 그들의 힘은 건재하겠지. 그런데 그 어나니머스가 설 자리를 찾지 못 한다라……."

레기온이 슬며시 웃었다. 그가 갑자기 웃기 시작하자 한니발이 고개를 갸웃거렸다.

갑자기 웃음이 터질만한 포인트가 어디인지 짐작되질 않아서였다.

그러건 말건 레기온이 슬쩍 뒤를 돌아보았다.

"그런 것은 악취미이십니다. 이제 그만 나오는 것이 어떻겠습니까?"

"하하… 눈치 채셨습니까."

아무도 없는 줄 알았던 외곽진 곳에서 유운량이 유유히 걸어 나왔다.

그는 파초선을 살랑거리며 레기온과 한니발을 바라보

앉다.

"두 분이서 재밌는 담화를 나누시는 것 같아 본의 아니게 엿듣게 되었습니다."

"재밌는 얘기라면 재밌는 얘기군요. 어나니머스가 설 자리를 못 찾고 있다니."

"혹시 레기온님께서도 그 어나니머스라는 집단을 이용하실 생각이십니까?"

"눈치가 빠르시군요. 그렇습니다. 그들이 설 자리를 잃었다면 이쪽에서 설 자리를 제공해주면 되는 것 아니겠습니까."

"후후… 저와 생각이 이리도 맞으시다니… 이거 생각보다 마음이 맞는 벗이 생긴 기분이로군요."

유운량이 입가에 미소를 띠며 말했다.

파초선을 흔드는 그의 손이 경쾌한 움직임을 보이고 있었다.

"그…그게 무슨 말씀이십니까…? 여러분들이 생각하시는 것만큼 어나니머스는 가볍게 여길 집단이 아닙니다."

"직접 어나니머스에 몸을 담고 있는 너만큼은 아니더라도 우리 또한 어나니머스에 대해선 숱하게 들어서 알고 있다. 그런 어나니머스를 가볍게 여길 리가 없지. 당장 주변에 그들의 예술을 경험해 본 사람도 있으니까."

"그럼… 그들에게 제의라도 하겠다는 말씀이십니까……?"

마치 미리 말이라도 맞춘 것처럼 유운량과 레기온은 흥겨운 얼굴들을 하고 있었다.

분명 자신이 어나니머스 출신이라는 것도 방금 알았을 텐데 저들은 뭐가 그리 즐거운 것일까.

더군다나 저들은 이미 굳이 말로 하지 않더라도 서로의 눈짓만으로 대화를 끝마친 것 같은 기분이었다.

홀로 이해하지 못하고 있는 한니발을 보며 레기온이 한쪽 입꼬리를 말아 올렸다.

"그렇군. 그대는 아직 모르고 있겠군. 우리 두 사람을 수하로 거느리고 있는 분이 얼마나 말도 안 되는 분이신지 말이야."

"예…? 그건 공민 블레이드 후보님을 말씀하시는 겁니까?"

"후후, 하지만 아직은 시기가 이른 것 같군요. 하다못해 당장 바로 앞의 일을 해결하고 움직이심이 어떻겠습니까? 그때 주군께 말씀드려도 전혀 늦지 않을 것 같습니다만."

"저도 그 생각에 동의합니다. 아직 급할 것 없으니까요. 더군다나 그들을 끌어들이는 것에 대해 주군께선 어떻게 생각하고 계실 지도 중요합니다. 아무래도 직접 그들을 겪어보셨으니 분명 그들에 대해서도 한번쯤은 생각해보셨을 겁니다."

"저도 그리 생각합니다. 이거 이렇게 생각이 잘 맞는 분을 마주하니 절로 흥에 겨워지는군요."

어안이 벙벙한 얼굴로 있는 한니발과 다르게 유운량과 레기온의 대화는 일사천리(一瀉千里)로 진행되었다.

"저기… 죄송한데… 저도 이 대화가 어떻게 흘러가고 있는 것인지 파악하고 싶습니다…! 그리고 혹시 두 분께서 나누시는 대화가 어나니머스와 관련된 일이라면, 저는 그다지 추천 드리고 싶진 않습니다만……."

"왜 그런 말씀을 하시는 겁니까?"

"정말 몰라서 물으시는 겁니까? 어나니머스가 동네 귀족 가문도 아니고 그들과 함부로 엮여선 좋을 것이 전혀 없습니다. 특히나 어나니머스의 원한이라도 샀다간……."

"그럼 한 가지 묻겠습니다, 한니발님. 혹시나 우리 주군께서 어나니머스와 관련해 당신께 도움을 요청한다 해도 돕지 않으실 생각입니까?"

"예…? 아니, 그게……."

머뭇거리는 한니발을 보며 레기온이 머리칼을 쓸어넘겼다.

그는 한니발에게 다가가 어깨 위로 손을 올렸다.

"잘 들어라. 다른 사람들은 모르겠다만… 나와 여기 있는 유운랑 씨는 주군을 위해서라면 이까짓 목숨쯤은 물론 다른 모든 것도 걸 수 있다. 이 마음은 결코 가볍지 않아. 세상 모든 것을 등진다 해도 우리는 주군의 곁에 서 있을 거다. 그런데 지금 너의 각오는 어떠한가?"

레기온의 말에 한니발은 뒤통수를 한 대 얻어맞은 느낌이었다.

자신이 했던 말을 되돌려 받은 셈이다.

어나니머스를 향해 퍼부었던 겁쟁이라는 말은 곧 자신에게도 해당되는 말이 되어버렸다.

그는 잠깐의 순간에도 자신과 칼라반, 그 일행들에게 미칠 일들을 걱정하고 있었다.

동그랗게 뜬 눈으로 바닥을 내려다보던 한니발은 이내 마음을 굳혔다.

"두 분께 못난 모습을 보여 버렸네요… 사실, 제가 어나니머스를 떠나온 지도 꽤나 시간이 흘렀습니다. 그런 가운데 제가 정착했던 곳은 라그나로크였습니다. 제국을 향해 목소리를 내려 하는 그들이 멋있고 좋아서 어느 순간부터 저도 이곳에서 지내고 있었거든요. 하지만 지내보니 생각했던 것과 다른 그들의 모습에 실망했고 또 야속한 마음이었습니다."

"……."

"그러던 중 이렇게 공민 블레이드 후보님을 만나게 되었고, 저는 그 분을 한 번 겪어봤으면서도 따르겠다 맹세한 사람입니다. 나름대로 사람을 보는 제 눈은 좋은 편이라고 생각하니까요. 거기다 이 사람을 놓치면 안될 것 같다는 본능적인 느낌까지 들었었습니다. 그러니 만약 공민님께서 원하신다면 무슨 일이 있어도 돕도록 하겠습니다."

"드디어 마음에 드는 말을 하는군."

"후후, 좋습니다. 그 마음 늘 간직해주시길 바랍니다."

두 사람은 약속이라도 한 듯 고개를 끄덕였다.

마치 자신의 일처럼 고민하고 움직이는 레기온과 유운량을 보며 한니발은 신기해하고 있었다.

지금까지 보지 못했던 광경이기도 했다.

"이제 보니 두 분이 서로 비슷해 보이기도 합니다."

"음? 우리가?"

한니발의 말에 레기온이 유운량을 돌아보았다.

유운량은 기분 좋은 말이었는지 입가에 미소를 띠고 있었다.

그러나 레기온이 고개를 저어보였다.

"우리는 비슷한 듯 보이지만 서로 다르다."

"음? 저희가 달랐던가요? 무엇 때문에 그리 생각하시는지 궁금하군요."

"유운량 씨 당신은 주군께 있어서 '균형'입니다."

"흐음… 그게 무슨 말씀이신지 궁금하군요."

"주군의 곁에 당신이 있다면 주군께선 언제든지 제자리를 되찾으실 수 있을 겁니다. 그렇게 할 수 있도록 당신이 옆에서 도와줄 테니까요. 아마 지금까지도 그래왔을 겁니다. 그것은 보지 않아도 알 수 있습니다."

"그렇다면 레기온님 당신은 주군께 무엇입니까?"

"저는 주군의 '분노'가 되겠습니다."

"분노라… 어떤 의미에서 주군의 분노가 되시겠다는 말씀이신지……."

유운량의 질문에 레기온은 고개를 돌려 허공을 응시했다.

그는 곧바로 답하지 않고 잠시간의 뜸을 들였다.

덕분에 그의 답이 궁금해진 한니발도 곁에 한 발짝 붙어 섰다.

그러나 레기온은 이내 답을 하지 않고 말을 돌렸다.

"자, 이제 알아내고 싶은 것은 알아내었으니 돌아가 보도록 하겠습니다."

"으음……."

유운량은 무언가 짚이는 바가 있는 듯 했으나 굳이 입 밖으로 그 생각을 꺼내진 않았다.

한니발도 굳이 더 물으려 하지 않았다.

한편 멀리서부터 그들의 얘기를 듣고 있던 칼라반이 감고 있던 두 눈을 떴다.

"나의 분노라……."

[이름 : 칼라반

전투력 : 475800

LV : 160

직업 : 아수라 —중급 무인 (패시브 직업 : 중상급 어둠의 정령술사.)

근력 : 248

민첩 : 204

지력 : 235

행운 : 148

미분배 스탯 : 0pt.

보유 스킬 —수라윤회심공 / 수라마공 3성 / 금강지체(중급) / 만독지체 / 경공술 (중급)/ 심마안 / 여명의 검술 / 천리지청술

칭호 : 정령들의 축복을 받은 자 / 던전 슬레이어

마령환 흡수율 —75%]

눈을 뜬 칼라반의 앞에 상태창이 나타났다.

그래도 꾸준한 노력 덕분에 어느덧 레벨은 160에 접

어들었다. 게다가 어느덧 마령환의 반절 가까이를 흡수해 내공도 엄청나게 늘었다.

　내공 1만이 무협에서 말하는 1년 치의 내공수준이라고 했는데, 그의 내공은 벌써 100만을 웃돌고 있었다.

　이는 한 갑자(甲子)하고도 40년 치의 내공을 넘게 가지고 있다는 얘기였다.

　아마 마령환과 수라윤회심공 그리고 어둠 정령술사로서의 능력까지 더해진 덕분일 터였다.

　게다가 이제는 상급 어둠 정령인 아페티를 소환할 수 있게 되면서 전투력도 훌쩍 뛰어버려 이제는 50만을 바라보고 있었다.

　"상급 정령을 소환할 수 있게 된 것만으로도 이만큼이나 전투력이 높아지다니… 생각 이상이로군. 시스템 덕분에 빠르게 성장하긴 했지만 아직 부족하다… 그들을 상대하려면 겨우 이 정도 힘으론 안 돼. 세력의 성장도 중요하지만 나 또한 더욱 강해져야 한다."

　칼라반은 슬슬 자리에서 몸을 일으켰다.

　문득 그는 일전에 아라카인이 했던 말을 기억했다.

　이클립스의 존재도 있었지만 사실 칼라반의 흥미를 더욱 끌었던 것은 바로 마검의 존재였다.

　"마검이라… 그러고 보니 그 여자도 마검을 사용했었지 않나…? 하긴. 그것은 라카이 왕국의 보물이었으니 그들이 말하는 것은 아닐 테고… 하지만 만일 정말 마검이 존재한다면 쉽게 넘길 수는 없겠어."

마검을 직접 눈앞에서 보고 경험해봤던 칼라반이기에 마검이 얼마나 강한 위력을 지닌 무기인지는 누구보다 잘 알고 있었다.

그러니만큼 이슈하르트라는 블레이드가 왜 마검을 탐내 했는지도 충분히 이해할 수 있었다.

"하지만 예전의 나였다면 마검의 존재에 욕심내진 않았을 거다. 그렇다면 지금의 나는 어찌할 것인가?"

아직 상황이 충분하지 않다는 생각은 이제 접어두기로 했다.

빠르게 강해질 수 있는 수단이 하나라도 보인다면 그것에 도전해보기로 마음먹길 않았는가.

만약 마검에 대한 실마리를 조금이라도 잡을 수 있다면 칼라반은 망설임 없이 찾아 나설 생각이었다.

"하지만 지금은 죄수호송차에 관한 일이 먼저다. 그것부터 빠르게 해결하면… 다음은 어나니머스가 되거나 트라이어던스 던전의 괴물 녀석이 되겠군."

칼라반은 잠시나마 차후의 일들에 관해 어떻게 단계를 밟아나갈지 고민에 잠겼다.

한 가지 확실한 것은 지금까지보다 더욱 험난한 길이 열릴 거라는 점이었다.

한밤중의 습격

카메시타 산맥.

산세가 워낙 험해 지나다니는 사람들이 별로 없는 것으로 유명한 산이었다.

하지만 코드모로 도시까지 빠르게 가고자 한다면 카메시타 산맥을 넘는 것만큼 좋은 방법은 없었다.

그래도 제국의 여러 도시에서 노력해준 덕분에 나름대로 코드모로 도시까지 곧장 향할 수 있는 산길 정도는 열려 있었다.

다가닥. 다가닥.

카메시타 산맥으로 접어드는 초입에서 때 아닌 말발

굽 소리가 들려왔다. 뒤이어 약 일만 여명의 기사들과
병사들이 모습을 드러내었다.

그들은 철로 만들어진 마차를 호위하듯 에워싼 채 행
군하고 있었다.

이 마차는 숨만 쉴 수 있을 정도의 구멍만 뚫려 있을
뿐 바깥을 들여다 볼 수 있을만한 충분한 공간은 없어
보였다.

무리의 선두에 선 기사가 손을 들어올렸다.

"이제부터 카메시타 산맥이다. 우리는 잠시 휴식을
취한 후에 들어가도록 한다."

그때 곁에 있던 기사가 곧바로 사내에게 다가왔다.

그는 벌써부터 근심 어린 얼굴을 하고 있었다.

"로지카님… 차라리 날이 밝고 넘어가는 것이 낫지
않겠습니까?"

"그게 무슨 소리인가?"

"카메시타 산맥이 험준하기도 하고… 밤중에 산을 탄
다는 것은 그다지 좋은 생각 같아보이진 않습니다."

"그대의 말에도 일리는 있다. 하지만 카메시타 산맥
이라고 해서 항상 가파르고 길이 험한 것은 아니다. 중
간에 쉴 수 있는 장소도 꽤 있으니 우리는 그곳에서 야
영을 하면 된다."

"그래도 괜찮은 것인지……."

"자네는 너무 걱정이 많아서 탈이야. 어차피 카메시타 산맥은 그 우악스러운 산세 때문에 유명한 거지 따로 위협적인 몬스터들이 있는 것은 아니니 그렇게 우려하는 표정을 짓지 않아도 되네."

"예, 알겠습니다."

이번 죄수호송단의 단장을 맡은 로지카는 여러 경험이 많은 사내였다. 그런 로지카의 얘기였으니 다른 이들도 순순히 그의 말을 따르기로 했다.

그때 부관 중 한 명이 손을 들어 올리며 질문했다.

"혹시나 카메시타 산맥에서 누군가가 기습을 해올 수 있지 않습니까?"

난데없이 나온 질문에 로지카가 그를 돌아보았다.

아직 어 보이는 부관의 모습에 그는 낮은 한숨부터 쉬었다.

"으흐… 으하하하!!"

"크하하하!!!"

그때 다른 부관들과 기사들이 웃음을 터트렸다. 그들은 애써 웃음을 참아보려 했지만 쉽지 않은 모양이었다.

배까지 움켜잡고 웃는 그들을 보며 질문을 던졌던 부관이 인상을 찌푸렸다.

"뭐가 그리 웃긴 겁니까?"

"그럼 자네의 말이 우습지 않으면 어떤 말이 우습겠나? 지금 카메시타 산맥에서 기습이라고 했나?"

"예, 그렇습니다. 충분히 가능성이 있는 일이라고 생각합니다만……."

"충분히 가능성 없는 얘기다. 지금까지의 말을 뭐로 들었나? 카메시타 산맥은 험준하기로 유명한 산맥이다. 그런 산에서 누군가가 우리를 기습한다? 그러려면 그들이 우리보다 카메시타 산맥에 관해 잘 알고 있어야 한다. 하지만 카메시타 산맥에 관해 잘 아는 전문가들은 대부분 코드모르 도시에 있는데다, 우리는 이곳을 잘 아는 파인더와 함께 하고 있다. 그렇지 않나!?"

"그렇습니다만……."

"그리고 애초에! 이 광활한 제국 땅 안에서 과연 누가 우리들을 습격한다는 말인가!? 더군다나 죄수호송은 제국군과 관련이 있는데. 제국과 척을 지려는 것이 아닌 이상 그런 얼간이들은 없을 거다. 게다가 그런 어중이떠중이 같은 놈들한테 습격을 받는다고 해서 쉽게 당해줄 우리도 아니고 말이야."

로지카의 말에 젊은 부관은 그만 입을 다물었다.

그는 딱히 억울한 표정을 짓거나 하진 않았다. 오히려 뭔가 다른 생각을 하고 있는 얼굴이었다.

그러나 로지카는 그런 것까지 신경 쓸 정도로 사려 깊

진 않았다.

그는 가볍게 젊은 부관을 무시하며 다시 돌아섰다.

아직까지도 비웃는 소리가 여기저기서 들려왔다.

"그만! 우리는 충분한 휴식을 취한 뒤 다시 출발 한다!"

로지카의 명령에 다들 짐을 풀고 휴식을 취했다.

죄수들에게도 바람을 쐬어주기 위해 철창문을 열어주었다.

"바깥바람 좀 마음껏 쐬라. 이제 너희들이 가는 곳은 지독하기로 유명한 곳이니까. 가서 고생 좀 할 텐데 맑은 공기 좀 마셔야지."

"큭큭, 그러니까 죄를 짓지 말고 살아야지."

"됐어. 이제 와서 저들에게 그런 말을 한들 무슨 소용이야?"

"그나저나 정말 험악하게 생긴 놈들 많다."

죄수호송차의 보안을 위해 나름 여러 곳에서 모인 병력들이었다.

그들은 죄수호송차의 안에 죄수들이 타고 있다는 사실만 알았지 그들이 어떤 죄수인지는 모르고 있었다.

다만 등급으로 따지면 A급 죄수들. 이는 죄수들 중에서도 상당히 높은 등급에 속하는 이들이었다.

그래서인지 병사들이 그들을 보며 비아냥거리는 정도

가 평소보다 훨씬 심했다.

 잠자코 하늘을 바라보고 있던 민머리의 사내는 다른 이들보다 크고 탄탄한 근육질 체구를 지녔기 때문인지 그를 구속하고 있는 수갑의 크기도 더욱 컸다.

 그가 굳게 닫혀 있던 입을 열었다.

 "우리는 아무런 죄도 짓지 않았다."

 "뭐!?"

 민머리 사내의 발언에 곁에서 쉬고 있던 병사들이 발끈했다.

 누워있던 이들도 하나둘 일어나서 그를 노려보았다.

 "네놈들이 잘못한 게 없다고? 정말 그렇게 생각하나!?"

 "그럼 잘못한 게 없는 너희들이 왜 붙잡혀 있다 생각하지?"

 "이거 완전 미친놈 아니야!? 어딜 감히 함부로 입을……."

 병사 한 명이 다가와 그의 뺨을 날렸다.

 살갗을 때리는 찰진 소리가 날카롭게 울려 퍼졌음에도 민머리 사내의 얼굴은 꿈쩍도 하지 않았다.

 그의 새하얀 눈동자가 자신을 때린 병사에게로 향했다.

 "그럼 우리가 뭘 잘못했다는 거지? 그대들이 생각하

기에 빼앗긴 자유를 찾기 위해 싸운 것이 죄인가!?"

"그래 죄다."

멀리서 있던 로지카가 민머리 사내를 향해 다가왔다.

새하얀 검신이 민머리 사내의 목을 겨누었다.

"그대가 바티투스지?"

"그렇다."

"이곳에 있는 녀석들의 대장이기도 하고."

"그건 아니다. 우리들은 가족일 뿐."

"크큭… 웃기고 있군. 노예들 주제에 그딴 가족놀이
라니… 애초에 네놈들에겐 자유가 허락되지 않았다.
그런 허락되지 않은 것을 탐냈으니 그것에 죄가 아니고
뭐겠나?"

로지카가 비릿한 조소를 지으며 바티투스의 어깨에
검날을 올렸다.

무심한 듯 분노로 이글거리는 그의 눈빛이 로지카를
똑바로 응시했다.

"노예주제에 눈알을 그렇게 뜨지 마라."

스각―!

로지카가 팔을 아래로 휘두르자 날카로운 검날이 그
대로 바티투스의 어깨를 베었다.

붉은 핏물이 차가운 쇠수갑을 타고 흘러내렸다.

이를 본 로지카가 내심 놀란 눈을 했다.

나름대로 힘을 주어 검을 베었다. 한쪽 팔을 아예 자르려는 의도는 아니었지만 그래도 제법 싶은 상처는 내주려 했다.

그런데 웬걸.

검날은 그가 예상했던 것보다 훨씬 얕게 바티투스의 피부를 베고 지나갔다.

"검투사였다더니… 검투사들은 우리완 다른 방식으로 신체를 단련하기라도 하는 거냐? 아니지, 하도 매질을 당해서 피부가 단단해지기라도 한 건가? 크하하하!!"

로지카는 고개까지 뒤로 젖히며 웃음을 터트렸다.

그러나 바티투스는 부동의 자세로 그런 로지카를 바라보고 있었다.

"기억해둬라. 자유는 누구에게나 있는 것이다. 그리고 그런 자유를 빼앗으려는 너희는 응당 대가를 치르게 될 거다."

"하?! 지금 나를 협박하기라도 하는 거냐?"

로지카는 들고 있던 검을 횡으로 그었다.

그런데 이번에 그가 노린 것은 바티투스가 아닌 곁에 있던 사내였다.

갑작스런 일격에 당한 사내가 피를 흘리며 고꾸라졌다.

고통스러워하는 사내의 얼굴을 로지카가 들어올렸다.

"가족? 하! 웃기고 있구나. 이놈과 너는 그저 남남일 뿐이다. 그런데 가족? 좋다, 그래 많이 양보해서 가족이라 치자. 그럼 네놈의 가족이 당하는 기분은 어떤가?"

"내가 만약 자유를 찾는다면. 너는 저것보다 10배는 더 고통 속에 죽어갈 것이다."

분노를 드러낸 바티투스가 이를 꽉 깨물었다.

그러나 그의 말은 로지카에게 전혀 위협이 되질 않는 모양이었다.

로지카는 헛웃음을 터트리며 고개를 흔들었다.

"그래, 기대하지. 뭣들 하느냐!? 이놈들을 다시 집어넣어라! 출발이다!!"

그의 명령에 다시 병사들이 움직이기 시작했다.

잠시나마 바깥에 나왔던 죄수들은 다시 병사들에 이끌려 죄수호송차에 들어갔다.

검투사라는 말을 들었기 때문인지 병사들의 태도가 은연중에 달라졌다.

그들은 조금 전보다는 부드럽게 바티투스를 안으로 안내했다.

반항이라도 할 줄 알았던 바티누스는 의외로 묵묵한

모습으로 죄수호송차에 발을 들였다.

"싱거운 놈이로군."

그러나 마지막까지 자신을 바라보던 바티투스의 눈빛은 영 찜찜하게 느껴지긴 했다.

하지만 어쩌겠는가.

저들은 팔과 다리가 묶여 있어 자유롭지 못했고 지금은 죄수호송차에 들어가 있는 상태였다.

어디 그 뿐인가.

저들이 향하는 목적지는 바르칸 감옥.

죄수들을 악랄하게 대하기로 유명한 곳이었으니 저들이 다시 이곳으로 돌아올 가능성도 희박했다.

하지만 로지카는 쉽게 떠나가질 않는 찜찜한 마음을 안고 길을 떠날 수밖에 없었다.

소문대로 카메시타 산맥의 길은 험했다.

그나마 길을 잘 알고 있는 파인더가 좋은 길들로 안내해주었기에 망정이지 뭣 모르고 올랐다면 정말 큰 고생을 할 뻔했다.

어느덧 산맥의 중턱에 이르자 로지카는 다시금 행군 중지를 명령했다.

그의 손짓에 모두가 발걸음을 멈추었다.

"오늘은 이곳에서 머문다. 불을 피우고 야영을 할 준비를 해라."

"예!"

그의 명령이 떨어지자마자 병사들과 기사들이 움직였다.

그래도 이런 상황을 몇 번씩 겪어본 베테랑답게 야영 준비는 순조롭고 빠르게 진행되었다.

카메시타 산의 해는 유난히 짧았다.

때문에 해가 조금이라도 비치는 동안 길을 걸었고, 달빛과 횃불에 의지해서도 꽤나 걸어왔다.

그러나 파인더의 말에 의하면 다음 길부터는 완전히 날이 밝지 않으면 걸어가기 힘들다고 하니 이쯤에서 휴식을 취하는 것이 맞았다.

그는 피로한 몸을 달래기 위해 말에서 내려와 마련된 침소에 몸을 앉혔다. 그러자 수하가 곧바로 음식들을 내놓았다.

로지카는 다른 것보다 허기를 참지 못하는 성정이었다.

그가 허기를 느끼기 시작하면 여기저기 짜증을 내기 시작하니 수하들은 곧바로 음식부터 내놓은 것이다.

한 끼 거나하게 챙겨먹은 로지카는 뒷일은 부관들에게 맡기고 이만 침소에 들었다.

다른 기사들과 병사들도 불침번을 제외하고 하나둘 잠을 청했다.

그렇게 얼마간의 시간이 지났을까, 어둠속에서 조용히 그들을 지켜보던 눈동자들이 서서히 움직이기 시작했다.

"적의 숫자는?"

"예상대로 일만 여명 정도입니다."

"많이도 왔군."

"그런데 공민 블레이드 후보님. 대체 언제 공격하는 겁니까? 말씀하신 것 때문에 저희도 기다리고 있긴 합니다만… 솔직히 좀이 쑤셔서 죽을 것 같습니다. 그냥 확 덮쳐버리는 것이 어떻습니까……!?"

"기다려라. 우리는 먼저 저쪽에서 보내 올 신호를 기다린다."

바위에 몸을 걸터앉은 칼라반은 묵묵히 무언가를 기다렸다. 그리고 얼마 지나지 않아 그들이 기다리던 신호가 나타났다. 누군가 죄수호송단 사이에서 불로 8자를 그리고 있었다.

이를 본 가니카스가 반가운 미소를 지었다.

그가 손을 들자 그의 수하들이 숨을 죽이며 몸을 일으켰다. 이에 유운량은 곁에 있는 한니발을 바라보았다.

"상황이 어떤 것 같습니까?"

그의 물음에 곧바로 답하지 않고 한니발은 잠깐 동안 주변의 모든 것들을 살폈다.

여기저기를 살펴보던 그가 마침내 고개를 끄덕였다.

"제가 생각하기에 이곳은 곧 완벽하고 화려한 무대가 될 것 같습니다."

그의 시선이 다른 한쪽을 바라보았다. 그곳에는 칼라반이 불러온 비밀병력들이 대기하고 있었다.

죄수 탈환 (1)

불침번을 서고 있던 병사 두 명은 갑자기 나타난 붉은 빛에 고개를 돌렸다.

그들은 다른 이들이 깨지 않도록 조심스럽게 걸음을 옮기면서도 빛이 있던 쪽으로 빠르게 다가왔다.

그곳엔 이곳으로 들어오기 전 모두에게 비웃음을 샀던 젊은 부관이 홀로 서 있었다.

"아직 안 주무시는군요."

"……."

먼저 말을 걸었지만 아무런 대답도 들려오지 않았다.

이에 두 사람은 아직도 젊은 부관이 자신들에게 꽁해

있는 것이라 여겼다.

하지만 지금은 그의 기분을 풀어주는 것보다 자신들이 봤던 빛이 무엇이었는지 확인하는 것이 먼저였다.

"죄송하지만 혹시 이쪽에서 빛이 나는 것을 보지 못하셨습니까? 저희가 생각했을 때 딱 부관님이 서 계신 쪽에서 빛이 났던 것 같은데……."

"봤다."

"예? 부관님께서도 보셨습니까? 그럼 그 빛이 무엇인지도 알고 계시는 겁니까?"

"알고 있다."

"무엇이었습니까? 별게 아니었다면 부관님께 방해되지 않도록 저희들은 이만 돌아가도록 하겠습니다. 하지만 혹시나 저희가 봤던 것이 몬스터들에 의해 일어난 빛이었다면……."

휘릭—!

촤락!!

날카로운 검날이 빠르게 지나가며 말을 하던 병사의 목을 베어버렸다.

"흡……!"

바로 옆에 있었는데도 동료 병사는 작금의 상황이 어떻게 흘러가고 있는 것인지 곧바로 파악해내지 못했다.

그리고 그런 사내의 아둔함이 곧 목숨을 잃게 만들었다. 이어서 지나간 검이 똑같이 그의 목을 단칼에 베어 버린 것이다.

목젖이 있는 부위에 일자로 된 검상이 생기고 목소리는 나오질 않았다.

"그 빛은 내가 보낸 신호다."

부관은 죽어가는 그들을 차갑게 내려다보며 서서히 걸음을 옮겼다.

두 사람은 전혀 예상치 못했던 부관의 행동과 말 때문에 놀란 눈을 하고 있었다.

그들은 몸을 웅크리며 바닥에 쓰러지면서도 안간 힘을 다해 소리치려 했다.

그러나 그것은 의지만 가득할 뿐 입 밖으로는 아무런 소리도 새어나오질 않았다.

"정말 아무도 대비하지 않는 것인가? 제국의 군사들이 이렇게까지 무능해진 줄은 몰랐군……."

미리 이곳에 잠입해 부관 행세를 하던 레기온이 이만 투구를 벗었다.

그는 제국군들을 보며 인상을 찌푸렸다.

세상 편한 자세들로 퍼질러 자고 있는 그들의 얼굴은 세상 아무것도 모르는 표정들이었다.

과거에는 볼 수 없었던 나태한 모습들. 이를 보며 레

기온은 저도 모르게 낮은 한숨을 내쉬고 말았다.

그때 외곽에서 대기 하고 있던 가니카스 일행이 순식간에 제국군이 있는 곳으로 밀려오기 시작했다.

"놈들을 죽여라!"

"호송차를 탈환해!"

그들은 죄수호송단이 야영하고 있는 둔덕으로 올라서자마자 고성을 치기 시작했다.

덕분에 세상모르고 잠들어 있던 제국군들도 하나둘 잠에서 깨어나 버렸다.

그러나 이미 그들이 있는 곳으로 바짝 다가선 가니카스 일행이 자고 있는 기사들과 병사들을 향해 검을 휘두르고 있었다.

"적습이다!!"

"모두 일어나!!! 적이 습격해왔다!"

빠르게 정신을 차린 기사들이 허겁지겁 병장기를 챙겼다.

그나마 갑옷을 입고 잠을 청한 이들은 곁에 두었던 무기만 짚으면 되었지만, 답답하다는 이유로 갑옷까지 벗어던진 이들은 맨몸에 병장기만 들고 있는 수준이었다.

그들이 전열을 가다듬을 수 있는 틈을 주지 않기 위해 가니카스 일행은 더욱 빠르게 제국군을 몰아붙였다.

가니카스 일행의 대부분은 검투사 출신.

덕분에 개인 기량들이 뛰어나 혼자서도 달려오는 병사 두세 명쯤은 가볍게 상대해내고 있었다.

생각보다 훨씬 잘 싸우는 그들의 모습에 레기온도 의외라는 얼굴을 하고 있었다.

그러나 이내 그의 눈매가 날카롭게 변했다.

"확실히 개개인의 기량은 뛰어난 것 같지만… 집단 전투에는 별로 능숙하지 못하군. 하긴. 격투장에서 각자가 살아남아야 했던 검투사들이었으니 어쩔 수 없나……."

초반 기습을 가했을 때만해도 가니카스 일행은 파죽지세로 제국군을 밀어붙이고 있었다.

밤중인데다 기습까지 받은 탓에 제국군의 대응이 훨씬 늦어진 것도 이들에겐 이점으로 작용하고 있었다.

그러나 서서히 기사들과 병사들이 모여들기 시작하면서 하나의 대열을 이루기 시작했다.

문제는 제국군이 대열을 이루기 시작하자 가니카스 일행의 속도도 점차 줄어들고 있다는 점이었다.

"아직 전투가 제대로 벌어지지 않았는데 벌써부터 이러면 곤란하지."

하는 수 없이 레기온이 검을 들고 전장 안으로 들어서려 했다.

그러나 그보다 먼저 다른 누군가가 가니카스와 제국군의 사이로 뛰어들었다.

"음? 카…칼라반님……?"

그의 모습을 확인한 레기온이 까무러칠 듯 놀란 얼굴을 하고 있었다.

다른 누구도 아닌 칼라반이 전장의 한 가운데로 뛰어들다니……!

거기다 그의 곁에는 단 한 마리의 어둠의 정령도 보이질 않았다.

"아니… 정령들의 도움도 없이 어쩌자고 저 안으로 뛰어든 겁니까……!"

레기온도 어둠의 정령술사인 칼라반이 어떤 약점을 지니고 있는지 잘 알고 있었다.

그랬기에 그는 누구보다 빠르게 몸을 날리려 했다.

그러나 그 순간 펼쳐진 모습은 그를 당황케 하기에 충분했다.

"뭐야… 이게 어떻게 된 거지?"

레기온은 칼라반이 일반 성인 수준의 움직임을 보일 수 있는 것으로 알고 있었다.

그의 무서움은 어둠의 정령들이지 술사인 칼라반은 평범한 인간이었으니 말이다.

그런데 지금 눈앞에 움직이고 있는 이는 그가 알고 있

던 칼라반의 모습과는 너무 달랐다.

겨우 일반적인 성인 남자 수준의 움직임을 보여야 할 칼라반이 척 보기에도 범상치 않은 움직임을 보이고 있었다.

그뿐만이 아니었다.

칼라반은 능수능란한 모습으로 검을 다루고 있었다.

'10년 사이에 검이라도 익히신 건가…? 아니지… 내가 알기로 칼라반님은 검을 익힐 수도 없는 몸으로 알고 있었는데… 그동안 내가 잘못 알고 있었던 것인가? 그게 아니라면 그동안 어떤 기연이라도 얻으신 건가……?'

뭐가 어찌되었건 레기온조차 눈앞의 광경은 놀라지 않을 수 없었다.

그는 황급히 칼라반의 곁으로 가려던 것을 멈추었다. 제국군을 상대하는 칼라반의 얼굴에 여유가 보였던 것이다.

"그동안 무슨 일을 겪으셨던 겁니까. 정말이지… 예전부터 지금까지도 당신이란 사람을 보고 있으면 놀랍고 대단하다는 생각밖엔 들지 않는 군요……."

레기온은 칼라반을 도와주려는 것을 포기했다. 오히려 자신이 나서는 것이 칼라반에게 방해가 될 것 같아서였다.

그리고 이런 레기온의 생각은 어느 정도 들어맞았다.

칼라반은 제국군을 상대하면서도 자신의 힘을 시험해 보고 있었다.

그는 아직 부족하다고 느껴지는 여명의 검술부터 시작했다.

투박하지만 거칠고 단순하지만 무겁다. 그것이 여명의 검술에 대한 느낌이었다.

칼라반은 그때 익혔던 여명의 검술을 총 다섯 개의 식으로 나눴었다.

그 중 1식을 먼저 펼쳐보았다.

후웅—!

쩌정!!! 콰지직!!

검을 휘두를 때마다 제국군 병사들의 갑옷이 아무렇게나 찌그러지고 있었다.

"벤다는 느낌보다는 찍어 누르는 느낌이야……."

베는 것보다 앞에 있는 것을 부수는 느낌. 참(斬)보다 파(破)가 어울리는 형식이었다.

그의 검에 당한 병사들은 다른 것보다 입고 있는 갑옷들이 부셔져 괴로워하고 있었다.

갑옷이 찌그러지며 신체가 기이하게 꺾인 이도 있었다.

"으아……!"

"끄으으······."

고통의 신음을 흘리는 병사들이 바닥을 뒹굴었다.

곁에 있던 병사들은 갑옷마저 부셔버리는 칼라반의 무지막지한 힘에 입을 다물지 못하고 있었다.

"이야! 이제 보니 엄청나게 화끈하신 분이었구만!!"

가니카스는 그런 칼라반을 보며 웃음을 터트렸다.

생긴 것은 아라카인이나 자신에 비하면 훨씬 곱상하게 생겼는데 전투 스타일은 터무니없었던 것이다.

"그나저나 갑옷을 저렇게 만들 수가 있는 건가? 어디 나도 한 번 해볼까!?"

가니카스는 힘차게 검을 휘둘렀다.

그러나 그의 검은 기사의 검에 막히고 말았다.

"아···! 이러면 시도를 못 해보잖아!? 반항하지 말고 순순히 당해줘 봐라!!"

가니카스는 다시 박도를 치켜들었다.

그의 연이은 공격에 기사도 최선을 다해 수비했다.

간간히 반격을 가하고 싶었으나 가니카스는 검투사들 중에서도 상위의 실력을 지녔던 인물.

그런 것을 쉽게 허락할 리 없었다.

"도와드리겠습니다!"

"어서······!"

기사의 곁으로 동료들이 모여들었다.

그들은 곧바로 가니카스를 향해 협공을 가했다.

"아으…! 이건 좀 귀찮은 것 같은데!"

가니카스는 박도를 당겨 날아드는 검부터 막아내었다.

가니카스 뿐만 아니라 그의 수하들도 기사들과 병사들의 합공에 서서히 기세를 잃어가기 시작했다.

"건방진 놈들! 감히 제국 영토 내에서 제국군을 습격해!!"

잔뜩 분노한 로지카가 기사들과 병사들을 통솔했다.

그는 숙련된 지휘관답게 습격을 당했음에도 당황하거나 긴장하지 않았다.

오히려 겁도 없이 이곳을 공격해 온 습격자들에게 이를 갈고 있었다.

그가 나서서 기사들과 병사들을 지휘하자 제국군은 완전한 본모습을 되찾으려 하고 있었다.

"부관들!"

그의 외침에 근처에 있던 부관들이 달려왔다.

이곳으로 데려온 부관은 총 5명. 그런데 한 명이 보이질 않았다.

"한 명은 어디에 있는가!? 설마 저런 어중이떠중이 같은 놈들에게 당했다는 말을 하고 싶은 것은 아니겠지?"

"아닙니다."

부관 한 명이 심각한 표정으로 답했다.

그의 표정을 보지 못한 로지카가 더욱 신경질적으로 외쳤다.

"그럼 이런 상황 속에서 잠이나 처자고 있다는 얘기냐!?"

"그게 아니라… 저희가 빠르게 파악해봤습니다만… 아무래도 이번 습격의 공모자가 바로 남은 한 명의 부관 같습니다."

"아니, 대체 어떤 놈이……!!!"

"마지막으로 합류한 자인데… 아까 전 초입에서 습격에 관한 얘기를 했던 부관입니다."

"하!?"

부관의 대답에 로지카는 기가 찬 표정을 지었다.

대체 일을 어떻게 처리했으면 습격자들과 한 패인 자가 죄수호송단의 부관으로 올 수 있다는 말인가!

"제대로 된 확인 절차도 거치지 않았다는 말인가!? 썩어빠진 놈들…! 돌아가면 이와 관련된 놈들은 모두 잡아다 심문하고 말테다!"

로지카뿐만 아니라 다른 부관들도 분노로 부르르 떨고 있었다.

"이런 제기랄! 이제 보니 그 놈은 우리를 우롱하고 있었구나!! 초입에서 대놓고 습격이 있을 거라 예고한 거나 다름없었어!"

"저희는 그런 줄도 모르고 이렇다 할 대비조차 안하고 있었으니……."

"아니, 우리가 대비했다 한들 어차피 똑같았을 거다. 오히려 놈들은 우리들의 대비책을 미리 알고 습격할 수 있었을 테지. 다른 것보다 그 놈의 손에서 놀아난 기분이라 상당히 기분이 잡치는구나. 하지만 놈도 이건 예상 못했을 거다."

로지카의 시선이 정면을 향했다.

기사들과 병사들의 대열이 점차 완성되어가고 있었다.

숱하게 훈련을 받아왔던 이들이기 때문에 대열이 갖춰지기 시작한다면 저런 오합지졸들로는 어쩌지 못할 터였다.

"보니까 놈들은 개인 실력은 제법 괜찮으나 집단전에는 능숙하지 못하다. 아무런 질서 없이 따로 놀고 있는 것이 그 예지. 이것은 곧 놈들의 숨통을 조이게 될 거다. 대열이 갖춰진 제국군은 본래 개인의 힘보다 몇 배는 더 강한 힘을 발휘할 수 있으니까 말이다."

로지카는 자신감을 드러내고 있었다.

그리고 그의 기대에 부응하듯 점차 습격자들이 밀려

나는 모습들을 보이고 있었다.

"어리석은 놈들. 그래봤자 1000명 남짓의 숫자인 것 같은데… 공모자까지 심어두는 잔재주까진 가상했다만 너희들은 이미 숫자에서부터 밀리고 있다."

로지카는 저 겁 없는 무리들을 벌하기 위해 부관들에게 명령을 내리기 시작했다.

죄수 탈환 (2)

"크윽… 이거 생각보다 만만치 않구만……."

"가니카스 형님! 이것들 하나하나는 별거 아닌데 이렇게 뭉쳐서 공격해오니까 상대하기가 버겁습니다!"

"아, 이런 비겁한 놈들…! 아니지… 밤중에 습격한 우리도 할 말은 없는 건가?"

여기저기서 불만 섞인 소리가 흘러나왔다.

가니카스는 애타게 칼라반을 찾았다.

"공민 블레이드 후보님은 대체 어쩌실 생각인거지…? 우리가 너무 공민 블레이드 후보님만 믿고 있었던 것은 아닌가……!?"

이곳으로 오기 전 가니카스는 최소 3천 이상의 병력은 준비하겠다는 말을 했었다.

죄수호송단의 규모가 만 명 정도 되니 안전을 기한다면 5천 명까지 데려오고 싶었지만, 카메시타 산맥이 험하다는 말에 혹시 몰라 3천 명 정도의 인원으로 내린 것이다.

그러나 칼라반은 그마저도 단호히 고개를 저었다.

오히려 그는 가니카스에게 더 적은 천 명의 정예 병력만 요구했다. 칼라반의 요구에 가니카스는 어리둥절할 수밖에 없었다. 병력을 늘리는 것도 아닌 줄이라니.

그는 선뜻 칼라반의 의도를 받아들이기 어려웠다.

그러나 유운량까지 나서서 칼라반의 의견에 동의했다.

유운량의 의견에 최대한 따라주라는 아라카인의 말이 있긴 했지만 가니카스는 이들의 의견을 선뜻 받아들이기 어려웠었다. 하지만 순순히 이들의 의견을 따라준 것은 다른 이유가 있어서였다.

'걱정 하지마라, 가니카스. 어차피 나는 블레이드 후보 그 풋내기에게 이 일을 맡기려던 것이 아니다. 나는 분명 저들을 도와준다 하지 않았나? 라그나로크 원로들에게 말해둔 것도 있기 때문에 명목상으로 풋내기 블레이드 후보에게 기회를 주긴 했지만 그곳에서 실패한

다 하더라도 상관없다. 내가 직접 로하의 협곡에서 다른 가족들과 함께 나설 테니까.'

아라카인의 이 말이 있고나서야 안심할 수 있었다.

하긴. 아라카인과 바그라드에 있어서 이토록 중요한 일을 경험 없는(?) 블레이드 후보 일행에게 온전히 맡긴다는 것은 사실상 말도 안 되는 얘기이긴 했다.

어쨌거나 차후책이 있으니 가니카스나 그의 수하들도 애써 무리하는 방법을 선택하진 않았다. 가니카스는 투기를 다시 거두어들이며 주변을 둘러보았다.

"흐음… 여기서 계획도 끝인가… 나름 괜찮은 방법이긴 했지만 수적 열세를 극복하기엔 어려운…….."

"글쎄 과연 그럴까."

그의 말이 끝나기도 전에 칼라반의 목소리가 들렸다.

분명 저만치서 제국군 병사들과 전투를 벌이고 있었는데 어느새 가까이 와있었던 것이다.

"헙!? 언제 오셨습니까?"

진심으로 놀란 가니카스가 눈을 동그랗게 뜨며 물었다.

그러나 칼라반의 시선은 그가 아닌 제국군에게로 향해 있었다.

"보니까 그대들은 집단으로 싸우는 것에 능숙하지 않은 것 같군."

"그게 뭐가 중요합니까? 어차피 다들 뛰어난 실력을 지니고 있으니……."

"아니, 중요하다. 합을 맞춰 전투를 한 다는 것은 경우에 따라 개인이 갖고 있는 기량보다 몇 배의 힘을 끌어낼 수 있으니까. 그것은 지금 직접 경험해보고 있질 않나?"

"아… 그건 또 그렇습니다만……."

칼라반의 말에 반박할 수 없었다.

분명 처음에는 제국군 기사들과 병사들을 상대하기 수월했었다.

그러나 로지카의 명령에 따라 저들이 대열을 갖추기 시작하면서 상대하기 까다로워진 것이 사실이었다.

"지금 당장 이곳에 그대를 포함해 실력이 뛰어난 이들이 몇 명이나 있지?"

"흐음… 다 뛰어나지만 그래도 굳이 뽑는다면 저를 포함해서 한 50명 정도 있을 겁니다. 그런데 그건 왜 물으시는 겁니까?"

"그렇다면 그들을 이끌고 날 따라와라. 내가 길을 뚫을 테니."

"예… 예에……?"

"그리고 지금처럼 힘을 아끼진 말아야 할 거다. 지금 우리가 가려는 곳은 적진의 한 가운데니까."

"자…잠시만요, 공민님!"

가니카스가 그를 말릴 새도 없이 칼라반은 단숨에 제국군을 향해 몸을 날렸다. 그런 칼라반의 뒷모습을 보며 가니카스가 뒷머리를 긁적였다.

어차피 실패할 것 같다는 생각에 힘을 아끼고 있긴 했지만 지금 그는 칼라반이 억지로 이 계획을 성공시키기 위해 무리하고 있는 것이라 생각하고 있었다.

때문에 그의 명령에 따라야 하나 말아야 하나 순간적으로 고민하고만 것이다.

그때 그를 스쳐지나가는 이가 있었다.

"겁나면 뒤쪽으로 빠져 계시는 것이 어떻겠습니까."

"뭐…뭐라!?"

심기를 건드리는 말에 가니카스가 고개를 돌렸다.

제국군의 갑옷을 입고 있는 레기온이 칼라반의 뒤를 쫓고 있었다. 그는 가니카스를 한 번 흘깃 바라볼 뿐 별다른 말을 덧붙이진 않았다.

"그런 말까지 듣고 가만히 있을 순 없지!!"

결국 레기온의 도발에 가니카스가 넘어가고 말았다.

그는 당장 곁에 있는 실력 좋은 검투사들을 데리고 칼라반이 만들어 놓은 길을 따라나섰다.

채재쟁!! 채쟁!!

날카로운 쇠붙이끼리 부딪치는 소리가 여기저기서 들

려왔다.

"놈을 죽여라!!"

"미친놈! 이곳까지 혼자 들어오다니!!"

방어진을 구축한 제국군 병사들 위로 칼라반이 뛰어올랐다. 그는 가벼운 움직임으로 병사들의 투구를 밟으며 이동했다. 그러면서도 빠르게 움직이는 칼라반의 검이 제국군 병사들의 목을 긋고 있었다.

후웅!! 후우웅!!

날카로운 병장기들이 칼라반을 노렸다. 그러자 칼라반은 허공으로 살짝 몸을 들어올렸다. 허공에 떠오른 칼라반이 한쪽 발을 하늘로 뻗어 올렸다.

"비천대륜각!"

[스킬 비천대륜각을 시전 합니다.]

파쾅!!

그의 발이 강하게 지면을 때렸다. 그러자 곁에 있던 병사들이 순간 휘청거리고 말았다.

칼라반의 검이 그때를 놓치지 않았다.

[스킬 연환칠검을 시전 합니다.]

그의 검이 일곱 번의 변화를 주며 검로를 그렸다.

그러자 검로에 있던 병사들이 피를 뿌리며 쓰러지기 시작했다.

"크아악!!"

"아악!!!"

검이 지나가는 곳마다 비명소리가 터져 나왔다.

그러나 칼라반의 검은 멈출 생각이 없어보였다.

"나참… 이건 정말 말이 안 되는 일인데…….."

레기온은 그런 칼라반을 지켜보며 헛웃음을 밖엔 새어나오질 않았다. 놀란 것은 가니카스 일행도 마찬가지였다. 칼라반은 단신으로 단숨에 적진까지 파고든 것도 모자라 화려한 검술 솜씨로 제국군을 보기 좋게 혼란에 빠트리고 있었다.

"저런 실력을 지니고 있는 분이… 블레이드 후보 서열 500위에도 못 올라갔단 말이냐…? 아니 1000위에 머물러 계신다고…….?"

잘못되었다. 잘못되어도 단단히 잘못되었다. 가니카스는 두 눈을 의심하며 그런 생각을 하고 있었다.

"이번 임무가 어쩌면 저 분을 단숨에 비상하게 만들지도 모르겠구만…….."

홀로 흐뭇한 미소를 지으며 가니카스는 칼라반의 뒤를 따랐다. 그가 먼저 길을 열어버린 탓에 뒤따르는 것은 어렵지 않았다. 더군다나 어찌된 일인지 병사들과 기사들의 움직임도 엉키기 시작해 조금 전보다 상대하기도 훨씬 더 수월해졌다. 이런 변화의 양상은 한 발 멀리서 전투를 지켜보고 있는 이들에게 더욱 잘 보였다.

"저게 어떻게 된 겁니까?"

"주군께서 몸소 나서서서 적들의 진형을 깨뜨려놓은 겁니다."

"네…!? 그게 가능한 일입니까? 여기서 봐도 어떻게 대처해야 할지 감이 잘 잡히질 않았는데…….."

"후훗. 말씀드리질 않았습니까. 한니발님이 생각하는 것보다 우리 주군께선 훨씬 더 대단한 분이라고. 게다가 주군께 저 정도 진형을 무너트리는 일은 사실 그다지 어려운 일도 아니었을 겁니다."

"그런가요…….."

한니발은 칼라반을 또다시 새롭게 바라보고 있었다. 그는 어느새 선망어린 눈빛을 하고 있었다.

한편, 제국군 병사들을 통솔하고 있던 로지카로선 이런 갑작스런 상황에 당황을 금치 못했다.

"대체 저 자는 뭐냐!?"

"잘 모르겠습니다… 분명 아까까지 저쪽에서 싸우고 있던 자 같은데, 언제 여기까지 왔는지…….."

"지금 그게 중요한 것이 아니질 않은가! 그대들의 눈

에는 보이지 않는 건가!?"

"예······?"

부관들은 하나같이 멍한 얼굴들을 하고 있었다.

그 모습에 로지카는 답답할 수밖에 없었다. 그러나 지금은 그들에게 무어라 할 수 있는 상황도 아니었다.

그럴 수 있을 만큼 상황이 좋게 흘러가고 있진 않았다.

그는 제국군 중앙에서 화려한 검술 솜씨를 보이고 있는 칼라반을 보며 무거운 침음성을 흘렸다.

언뜻 보면 그냥 무리하게 안쪽까지 침입해 들어온 것 같았지만 사실 그는 대열의 허점들을 파고들고 있었다.

"저놈··· 정확히 병사들과 기사들의 움직임이 맞물리는 지점마다 발을 딛고 있다."

덕분에 칼라반을 상대하기 위해 병사들과 기사들 모두 움직였다. 결국 대열도 자연스레 흐트러지기 시작했다.

각 부분마다의 신호가 맞지 않아 너도나도 칼라반과 안쪽으로 파고든 인원들을 상대하기 위해 움직여버린 탓이다.

"혹시 우연인가···? 아냐, 그럴 리 없지. 저건 우연이 아니다. 놈은 마치 우리가 쓰고 있는 군사 대형의 허점

을 알고 있는 것처럼 망설임 없이 움직이고 있질 않은
가……!"

　상황 판단을 마친 로지카는 빠르게 명령을 하달해 다
른 진형으로 바꾸었다. 저자가 지금 진형의 허점을 알
고 있다면 다른 진형으로 바꾸면 그만이었다.

　그래도 아직 완전히 여유를 잃어버린 것은 아니었기
에 그의 명령에 따라 병사들도 일사분란하게 움직여주
었다.

　그러나 문제는 다음에 있었다.

"이런 미친……!!"

　로지카는 칼라반의 다음 행동을 보고 저절로 욕지거
리가 나오고 말았다. 제국군을 휘젓던 칼라반이 단숨
에 도약해 도착한 곳은 죄수호송차 쪽이었다.

"모두 떨어지십시오."

　갑작스럽게 나타난 칼라반의 말에 죄수들이 최대한
문 쪽에서 벗어났다. 칼라반의 검에서 아지랑이가 피
어올랐다.

　스강—! 슈캉!!

　칼라반의 검기가 반원을 그렸다. 그러자 그들을 가두
고 있던 죄수호송차의 문이 열리기 시작했다.

　그리고 언제 왔는지 가니카스와 다른 일행이 칼라반
과 죄수호송차를 중심으로 원을 그리고 섰다. 덕분에

제국군도 섣불리 죄수호송차 쪽으로 다가가지 못했다.

칼라반은 문 안쪽으로 들어섰다.

"경계하지 않으셔도 됩니다. 우리는 당신들을 구하러 왔으니까요."

"당신이 우리를 어떻게 알고 구하러 온단 말입니까."

호송차의 안쪽에 앉아 있던 바티투스가 날카로운 시선으로 칼라반을 바라보았다. 그러자 칼라반은 바깥쪽의 가니카스 일행을 가리켜보였다.

"저는 당신들을 모르지만 저들은 당신들을 잘 알고 있지 않겠습니까."

"가니카스……?"

가니카스를 본 바티투스가 두 눈을 부릅떴다.

칼라반의 눈동자가 검붉게 물들기 시작했다.

[스킬 심마안을 시전 했습니다.]

그가 심마안을 통해 살펴본 결과 눈앞에 있는 거한이 이곳에서 가장 높은 전투력을 가지고 있었다. 바티투스의 전투력은 60만 수준. 칼라반보다도 10만은 더 높은 수치였다. 그는 빠르게 바티투스에게로 다가갔다.

"보다시피 한가하게 상황을 설명하고 있을 시간이 아닙니다. 함께 싸울 수 있겠습니까?"

"그건 물어볼 필요도 없습니다. 그러나……."

바티투스가 수갑에 묶인 자신의 두 손을 들어 올려보였다. 뿐만 아니라 그들의 발에도 쇠사슬이 채워져 있었다.

칼라반은 천천히 검을 들어올렸다.

"이런 것은 문제가 되지 않습니다."

후우웅─!

그의 검에서 다시금 검기가 발출되었다. 새하얀 아지랑이를 보며 곁에 있던 죄수들이 놀란 눈을 했다.

"저것은……."

"마나 소드인가…? 아니, 그러기엔 뭔가 좀 다른 것 같은데?"

그들의 수군거림을 뒤로하고 칼라반은 거침없이 검을 휘둘렀다.

카앙!!

검기에 닿은 수갑이 날카로운 소리를 내며 끊어지고 말았다. 칼라반은 이어 바티누스의 발을 묶고 있는 쇠사슬까지 잘라내었다. 이를 보며 바티투스도 내심 놀란 모양이었다. 앉아 있던 그가 서서히 몸을 일으켰다.

"이름이 무엇입니까?"

"공민이라고 합니다."

"그렇군요. 이 순간부터 제 머릿속에 당신의 이름을

새겨두도록 하겠습니다."

"좋을 대로 하십시오. 그리고 나머지는 부탁드려도
되겠습니까?"

칼라반은 미리 준비해둔 다른 검을 바티투스에게 건
네주었다. 짧은 순간 두 사람의 시선이 마주쳤다.

바티투스는 칼라반의 검을 받아들며 고개를 끄덕였
다.

"걱정 마십시오."

"그럼……."

칼라반은 그곳에서 나와 다른 죄수호송차로 향했다.

"공민이라……."

바티투스는 찰나였지만 검붉게 물들었던 공민의 눈을
기억했다. 그리곤 시선을 내려 칼라반이 베어낸 수갑
을 바라보았다.

"마나 소드라기엔 더욱 정제되고 날카로운 느낌이었
는데……."

바티투스는 칼라반이 주고 간 검을 이용해 빠르게 주
변 동료들의 수갑들을 끊어내었다. 그리곤 바깥을 향
해 걸음을 옮겼다. 밖은 제국군과 습격자들의 전투로
한바탕 아수라장이 펼쳐지고 있었다. 바티투스는 호송
차를 나서기 전 뒤의 동료들을 돌아보았다. 수갑을 벗
어던진 그들은 홀가분한 표정들을 하고 있었다.

그러다 이내 바티투스와 시선을 마주하자 언제 그랬냐는 듯 검투사의 날카로운 눈빛으로 돌아와 있었다.

"모두 준비되었나?"

"예!"

"예!!"

그의 말에 모두가 일제히 소리쳤다. 그들의 모습을 보며 바티투스가 흡족한 미소를 지었다.

"좋다, 그렇다면 함께 가자. 우리는 이곳에 있는 제국군을 죽이고 자유를 쟁취한다."

호적수

칼라반은 빠르게 이동하며 다른 죄수호송차에 갇혀 있던 죄수들도 풀어주기 시작했다. 바티투스를 비롯한 다른 죄수들이 차례차례 전장에 합류하기 시작하자 전장은 순식간에 아수라장이 되어버리고 말았다.

그들은 과연 검투사들답게 핍박 받아 좋지 않은 몸 상태였음에도 불구하고 무시 못 할 전력을 보여주었다.

그러는 동안에도 칼라반은 다른 죄수호송차가 있는 쪽으로 신속히 움직이고 있었다.

"미쳤구만…!! 사람이 저렇게 움직일 수가 있는 거야?"

가니카스는 단 한 번의 도약으로 성큼성큼 이동하는 칼라반을 보며 혀를 내두르고 말았다.

비록 자신들이 무거운 갑옷을 걸치고 있긴 했지만 만약 갑옷을 벗어 놓고 있었다 하더라도 저 정도 수준의 움직임을 보이는 것은 불가능한 일이었다.

칼라반은 제국군이 미처 대응할 새도 없이 죄수호송차의 죄수들을 차례로 풀어내버렸다.

호기롭게 그의 앞을 막아섰던 기사들과 병사들은 이미 차가운 바닥을 뒹굴고 있었다. 제국군을 상대로 박도를 휘두르고 있는 가니카스의 곁으로 바티투스가 다가왔다.

“가니카스!”

“바티투스 형님!”

“무사했구나.”

“하하하! 역시나 살아 있었구만! 꼴이 말이 아니긴 하지만 그래도 이렇게 얼굴을 보니 반가워 죽겠단 말이지!”

“너도 좋아 보이는구나. 그런데 저 사람은 누구냐?”

“그게, 설명하자면 좀 긴데… 아무튼 지금은 바쁘니 일단 이곳을 빠져나가면 천천히 알려주도록 하겠소.”

“그래, 알겠다.”

쿠웅!!!

바티투스는 다가오는 기사 한 명을 몸으로 부딪쳐 밀쳐내었다. 그리곤 기사가 들고 있던 검을 순식간에 빼앗아 역수로 내리 꽂았다.

"실력은 어디 안 갔구만!"

"몸이 많이 굳었다."

단칼에 기사를 죽인 바티투스가 재빠르게 몸을 일으켰다. 그때 그들의 옆에서 칼라반의 목소리가 들려왔다.

"자, 이 정도면 수적 열세는 어느 정도 극복할 수 있겠지?"

"어느새 여기까지…!?!? 물론입니다! 이제 완전히 할 만 해졌습니다. 더군다나 저 놈들도 아까와는 다르게 개판이 되었습니다. 이런 개싸움이라면 저희들이 훨씬 유리 합니다."

가니카스가 엄지를 치켜세워보였다.

그러나 바티투스는 침착하게 주변을 둘러보고 있었다.

"그렇지만 아직 유리한 상황은 아닙니다. 제국군 녀석들이 다시 안정을 찾기 시작하면 다시 전황은 불리해질 겁니다. 게다가 저희들의 몸 상태도 그다지……."

"그건 걱정하지 마십시오. 그렇게 두지 않을 작정이니."

칼라반이 손을 내저어 보이며 한쪽으로 시선을 돌렸다.

이미 그의 생각을 파악한 레기온이 어느새 그의 곁에 따라붙어 있었다.

"준비됐습니다. 이번엔 제가 길을 열도록 하겠습니다."

"괜찮겠나?"

"제가 누군지 잊으셨습니까?"

제국군의 앞에 선 레기온이 검을 늘어트렸다. 그러자 그의 검에서 검붉은 아지랑이가 피어오르기 시작했다.

"그럴 리가 있겠나. 알겠다. 그럼 부탁하지."

"살다 살다 이런 날이 올 줄은 몰랐습니다. 제가 칼…아니, 공민님을 위해 이런 식으로 길을 여는 날이 올 줄은."

"후후, 그건 나도 그렇다."

레기온이 앞쪽으로 걸음을 옮겼다.

그가 성큼성큼 앞으로 나서자 열댓 명의 기사들이 그를 막아서기 위해 일제히 나섰다.

레기온이 그들을 향해 검을 휘둘렀다.

후우웅─!

콰르릉!!!

거친 폭발음과 함께 달려오던 기사들이 저만치 나가

떨어져버리고 말았다.

레기온은 틈이 벌어진 곳을 향해 재빨리 몸을 날렸다.

"놈을 막아라!"

"겁먹지 마라!!!"

마나 소드를 다룰 줄 아는 기사들이 다시금 레기온을 향해 달려들었다. 그러나 레기온은 그들의 합공에도 능숙한 대처를 보였다.

사방으로 날아드는 검을 피해내면서도 그의 검은 빠르게 반격을 가했다. 더군다나 마나 소드를 다룰 줄 아는 기사들은 그래봤자 하급으로 분류되는 이들이었다. 그들의 검은 레기온의 검을 막아내기에 턱없이 부족했다.

레기온의 오러 블레이드가 빗발칠 때마다 기사들과 병사들이 우후죽순 쓰러져나갔다.

"이건 좋지 않군……."

단 한 명의 사내 때문에 흐름이 바뀌어버리고 말았다.

군사들의 대열이 유지된다면 충분히 이길 수 있는 상황임에도 저 사내 한 명 때문에 제국군에 동요가 일기 시작했다.

그때 부관들 중 한 명이 앞으로 나섰다.

"제가 나서서 저 자를 막아내겠습니다."

"아니, 그대 한 명으로는 부족하다. 여러 부관들이 나서야 할 거야.”

“겨우 저런 자 한 명 때문에 말입니까?”

“그대는 눈이 없나? 지금 저 사내를 보고 겨우라고 말한 건가?”

“예?”

“부관들 세 명이 달려들어도 쉽지 않을 거다.”

로지카의 말에 부관들이 돌아서서 똥 씹은 표정들을한다.

아무리 그가 상관이라고 하나 자신들의 실력을 너무아래로 보고 있다 여기고 있었다.

“로지카님, 저희들은 나름대로 중상급 수준의 기사들입니다. 심지어 한 명은 상급을 바라보는 기사도 있습니다. 로지카님이야 이미 상급 기사에 계신지 오랜 세월이 지났으니 할 말이 없지만… 그래도 저희를 너무아래로 보고 있는 것 같습니다.”

“너희의 실력을 아래로 보고 있는 것이 아니다. 저자의 실력을 높이 사는 거다.”

“걱정 마십시오. 저희들이 가서 저 자를 막아내고 오겠습니다!”

부관들은 무서운 기세로 이곳까지 돌파한 레기온을막기 위해 움직였다. 그들을 보내고 나서도 로지카는그다지 마음이 편치 않았다.

"그냥 나까지 나서는 것이 더 나을 것 같은데……."

하지만 자신까지 저 사내를 막아서려 나선다면 남은 병력을 통솔할 사람이 부족했다.

더군다나 이곳으로 함께 온 부관들 중 단 한 명을 제외하면 모두 새내기 수준들이었다.

죄수호송단이라면 제국 내에서 습격당할 일도 없고 그다지 힘든 일도 없을 테니 몇몇 높은 귀족들이 자제들의 경력을 쌓아주기 위해 보내온 것이다.

지금은 그것이 독이 되고 말았다. 하기야 자신 또한 설마하니 간 크게도 죄수호송차를 습격해 올 줄은 꿈에도 예상치 못했는데, 그들이라고 오죽하랴.

"이미 벌어진 일이다… 우선은……."

부관들이 떠나고 다시 부하들을 통솔하려 할 때 로지카의 시선에 들어오는 이가 있었다. 세 명의 부관을 동시에 상대하고 있는 레기온이 아니었다. 다른 한 사내가 그를 뛰어넘어 이쪽으로 빠르게 쇄도하고 있었다.

"뭐야, 한 놈이 더 있었나!?"

그때까지만 해도 로지카는 그를 그다지 신경 쓰지 않았다. 그러나 그가 점차 가까워질수록 그의 두 눈썹이 역팔자로 휘기 시작했다.

"저놈은……!"

흑의를 입은 검은 머리칼의 사내.

저 사내 한 명 때문에 제국군의 진형이 무너져버렸고, 죄수호송차의 죄수들이 풀려나버렸다.

이 전장에서의 흐름에 지대한 영향을 미친 사내가 제 발로 자신을 향해 다가오고 있었다.

"오냐… 차라리 잘 되었군. 네놈만큼은 내 손으로 죽이고 싶었는데."

스릉—!

로지카는 허리춤의 검을 뽑아들었다. 새하얀 검신이 달빛을 받아 빛을 내었다. 어찌나 관리가 잘 되어 있는지 서늘한 예기가 한 눈에 비칠 정도였다.

그의 다른 한 손은 상반신만 한 방패를 들어올렸다.

"이곳은 잠시 맡기겠다."

남아 있는 부관들에게 명령을 남긴 뒤 로지카는 곧바로 사내를 향해 뛰어들었다. 그가 마주다가오기 시작하자 사내, 칼라반의 눈빛도 한층 날카로워졌다. 칼라반은 다가오는 제국군들을 베어 넘기면서도 로지카를 놓치지 않았다.

"겁도 없이 여기로 뛰어들었구나!!"

로지카의 검이 빠르게 칼라반의 정면을 향했다.

칼라반은 발끝에 내기를 실어 힘을 주었다.

그의 몸이 순간적으로 튕겨나가며 로지카의 검을 피해내었다.

"후읍……!"

칼라반은 한 차례 심호흡을 골랐다.

눈앞의 상대는 결코 만만한 상대가 아니었다. 죄수호
송단의 단장을 맡기에 충분할 정도의 강자였다.

그의 전투력은 50만. 칼라반보다도 높은 전투력을 보
유하고 있었다.

후웅—!

로지카의 검이 다시금 날아들었다. 칼라반은 사선으
로 반 보 내밀었다. 검을 피해내는 동시에 그의 검이 로
지카의 목을 노렸다.

카앙!

그러나 로지카의 방패가 칼라반의 검을 막아내었다.

칼라반이 자세를 가다듬었다.

[스킬 연환칠검을 시전 합니다.]

카앙!! 카가강!!!

새하얀 검신이 빠른 속도로 일곱 번의 변칙을 그리며
어지러이 날아들었다. 로지카는 변칙적인 공격에도 당
황하지 않았다. 그는 침착하게 눈으로 검을 쫓으며 방
어했다. 처음 일격은 피해내고 다음은 검으로, 다음은
방패를 이용하며 능숙한 수비를 펼쳤다.

"이게 네놈의 최선이냐!?"

검과 방패를 이용해 완벽한 수비를 보인 로지카가 차가운 시선으로 칼라반을 노려보았다.

그의 검에서 환한 검기가 뿜어져 나왔다. 그러자 로지카의 검에서도 푸른 빛무리가 형성되었다.

"중급, 아니, 중상급 수준의 마나 소드인가? 하지만 뭔가 다르군……."

로지카는 칼라반의 검에서 흘러나오는 검기를 지켜보았다. 자신의 검에서 흘러나오는 마나 소드와는 사뭇 달랐다. 로지카의 검에서 흘러나온 마나 소드는 검신을 감싸고 있는 느낌이었던 반면, 칼라반의 검기는 검신에서 발출된 느낌이었다.

"신기하군… 저런 종류의 마나 소드를 사용하는 귀족 가문이 있던가?"

그가 흥미로워할 틈도 없이 칼라반이 먼저 몸을 움직였다.

"비류잔월검!"

[스킬 비류잔월검을 펼칩니다.]

검기를 실은 칼라반의 검이 어지러이 움직였다. 연환칠검을 펼쳤을 때보다 훨씬 더 빠른 쾌검이었다.

"또 이런 잔재주인가!?"

로지카는 방패로 몸을 숨기며 비류잔월검 사이로 돌진했다.

카가강!!! 카아앙!!!

여기저기서 빗발치는 검격 소리에도 로지카는 칼라반의 움직임만 쫓았다.

그는 날카로운 시선으로 칼라반의 빈틈을 찾았다.

쏟아지는 검격들이 매서웠지만 그래도 반격을 가하지 못할 정도는 아니었다. 마침내 로지카는 칼라반이 미처 신경 쓰지 못하는 부분을 발견해 내었다.

"여기로군!"

로지카는 빠르고 간결하게 검을 찔러 넣었다. 마나를 머금은 그의 검은 거센 바람소리를 내며 돌진했다.

"홉……!"

칼라반은 비류잔월검을 펼치던 것을 멈추고 몸의 방향을 틀었다.

[스킬 수라월령보를 발동합니다.]

칼라반의 움직임이 한순간 사라지는 것처럼 보였다.

조금 전 격렬하게 검을 휘두르던 사람이라곤 믿을 수 없는 움직임이었다.

좌락!! 스걱!

로지카의 검이 칼라반의 옷깃을 베며 살갗을 스쳤다.

"흠!?"

로지카는 기가 막혀 눈을 동그랗게 뜨고 말았다. 상
대의 빈틈을 잡았다 생각했는데 순식간에 움직임을 놓
쳐버리고만 것이다. 그렇다고 그가 칼라반을 계속해서
쫓아가기란 무리가 있었다. 상대가 워낙 빨랐던 탓이
었다.

"어째서 다른 이들과 다르게 갑옷을 입고 있지 않나
했더니… 이런 이유에서였나. 하지만 소용없다!"

로지카는 다시 방패를 들어 수비 자세를 취했다.

반면 칼라반은 부릅뜬 눈으로 로지카를 바라보고 있
었다. 한순간이지만 아주 위험했다는 것을 본능적으로
알 수 있었다. 반사적으로 펼친 수라월령보가 조금만
늦었더라면 로지카의 검이 자신의 옆구리를 그대로 찔
렀을지 몰랐다. 그나마 패시브 스킬인 금강지체 스킬
덕분에 더욱 큰 상처는 면할 수 있었다.

그는 검을 멈추며 방패를 치켜든 로지카를 바라보았
다.

이 순간 그의 눈에는 전장이 아닌 로지카 밖에 보이지
않았다. 동시에 쿵쾅거리는 심장 박동이 느껴졌다.

불에 덴 것처럼 화끈거리는 몸은 피가 뜨겁게 끓고 있

음을 알게 해주었다.

"이런 느낌이었군."

남모르게 동경해 왔던 검을 맞대는 싸움.

드디어 제대로 된 검의 대결에 빠진 기분이었다. 그리고 그 기분은 예상보다 훨씬 그를 들끓게 했다.

생사결

"뭐냐 그 웃음은. 실성하기라도 한 거냐?"

칼라반을 지켜보던 로지카가 인상을 구겼다. 그가 웃고 있었기 때문이다.

이를 이상하게 여겼지만 그렇다고 방심하진 않았다.

그는 방패를 턱밑까지 당겼다.

"네놈이 무엇 때문에 갑옷을 포기했는지 알겠다. 갑옷을 포기하는 대신 움직임의 빠르기를 살리려 했겠지. 그 덕분에 우리는 네가 죄수호송차의 죄수들을 빼내는 동안 미처 반응 할 수 없었다. 그래 인정한다, 너의 움직임은 훌륭했어. 우리가 쉽게 쫓아가지 못할 정도로… 하지만 안타깝게도 그뿐이다.”

철컹!!

로지카의 견고한 방패가 그의 상반신을 가렸다. 칼라반의 시선이 로지카의 방패에 꽂혔다.

솔직히 말해 로지카의 공격은 크게 위협적인 수준은 아니었다. 그러나 가장 신경 쓰이는 것은 역시 그의 방패술이었다.

숙달된 방패술 덕분에 로지카는 공수의 균형이 아주 좋은 편이었다.

이내 생각을 마친 칼라반이 다시 발을 박찼다.

“와라! 어차피 너의 실력으론 나의 방패를 뚫지 못할 거다!”

로지카는 방패를 몸의 안쪽으로 당기는 한 편 검은 수직으로 세워 언제든 공격을 가할 수 있도록 대비했다.

순식간에 거리를 좁힌 칼라반이 다시 검을 휘둘렀다.

카앙!! 카가강!!

검과 방패가 쉴 새 없이 부딪혔다.

불꽃 튀는 공방전 속에서 칼라반과 로지카는 한 치의 양보도 없었다.

[스킬 비류잔월검을 펼칩니다.]

칼라반의 검이 속도를 더해 빗발쳤다.

그러나 그의 검은 로지카의 방패에 의해 모두 막히고 있었다.

로지카는 방패에 몸을 맡기면서도 상대의 빈틈을 찾기 위해 두 눈을 부릅떴다.

빈틈을 발견한 로지카가 공격을 가하려 했다.

휘릭! 후우웅―!

카앙!!

하지만 더욱 빠르게 다가드는 칼라반의 검에 반격을 접을 수밖에 없었다.

"너… 학습 능력이 없는 거냐? 이런 가벼운 공격 따위론 나의 방패를 뚫을 수 없다니까!"

이번엔 로지카가 방패를 힘껏 들춰 올렸다.

그러자 수직으로 하강하던 칼라반의 검이 뒤로 튕겨져 나가고 말았다. 로지카는 그 틈을 놓치지 않았다.

그는 방패를 사선으로 밀어내며 검을 수평으로 가져갔다.

그의 검이 먹이를 노리는 뱀의 아가리처럼 빠르게 뻗어나갔다.

"드디어 열렸군."

이때를 기다린 것은 로지카만이 아니었다.

칼라반은 뒤로 발을 디디며 몸을 빠르게 회전시켰다.

"허튼 짓이다!"

로지카는 그대로 칼라반을 향해 검을 뻗었다. 그러나 칼라반의 움직임이 한 발 더 빨랐다.

그는 로지카의 검을 아슬아슬하게 피해내는 한편, 회전력을 이용해 검을 휘둘렀다.

"이…이런!"

미처 생각지 못한 반격에 로지카는 본능적으로 허리를 뒤로 젖혔다.

스릊.

칼라반의 검이 로지카의 뺨을 베고 지나갔다. 조금만 늦었더라면 돌이킬 수 없는 치명상으로 이어질 뻔했다.

검끝까지 피해냈건만 뺨이 베여버렸다. 그것은 아마 칼라반의 검기 때문일 터였다.

로지카는 두 눈을 부릅뜨며 다시 방패를 끌어당겼다.

순간적이지만 아찔했던 상황. 순간의 자만이 패배로 이어질 뻔했다.

간담이 서늘했던 일격에 로지카도 얼굴을 굳혔다. 그러나 그러고 있을 틈이 없었다.

곧바로 간격을 좁힌 칼라반이 검을 휘두르고 있었다.

"제길……!"

쉴 틈을 주지 않는다. 다시 자세를 가다듬을 틈조차

지금의 로지카에겐 사치였다.

칼라반은 기세를 몰아 로지카를 더욱 압박했다.

그러나 로지카는 어느새 자신의 페이스를 찾아가며 다시금 견고한 수비를 구축했다.

다시금 안정을 되찾자 공방전의 양상이 뒤집히기 시작했다.

로지카는 균형 있는 공수 스타일로 오히려 칼라반을 압박했다. 이에 칼라반은 상황을 타개하기 위해 곧바로 스킬을 펼쳤다.

칼라반이 빠르게 검을 허리춤으로 가져가 발도 자세를 취했다.

슈우웅!!!

강렬한 내기가 그의 전신에서 흘러나와 검신에 집중되었다.

상황이 심상치 않음을 느낀 로지카가 다시금 방패에 자신의 마나를 실었다.

[스킬 반월참을 시전 합니다.]

스륵—

휘이잉!!! 콰광!!!

칼라반의 검이 수평을 그렸다. 검에 실린 검기가 함께

로지카의 방패를 때렸다.

강렬한 내기가 실린 일격답게 순간적으로 로지카의 몸을 휘청거리게 만들었다.

파박!!

그러나 로지카는 빠르게 대지를 밟으며 균형을 잡았다. 그는 커다란 동작으로 자세가 무너져버린 칼라반과 거리를 좁혔다.

로지카의 빠른 질주에 칼라반도 수비를 취하기 위해 몸을 물렸다.

그러나 이미 한 발 늦어버린 탓에 로지카의 검이 한 발 먼저 그의 어깨를 노리고 들었다.

"치잇……!"

온전히 피하기엔 늦었다.

여기까지 생각이 미치자 칼라반은 오히려 로지카를 향해 검을 휘둘렀다.

살을 주고 뼈를 취한다.

게다가 자신에게는 금강지체라는 패시브 스킬이 있었다.

금강지체가 있는 이상 어느 정도 검상을 방어해주어 곧바로 치명상을 입는 것은 막아줄 것이라 생각했다.

그러나 다음 순간 그도 예상치 못한 일이 벌어졌다.

당연히 검을 휘두르며 어깨를 공격할 것이라 생각했

던 로지카가 한발 물러서며 칼라반의 검을 방어한 것이다.

"……!"

이를 본 칼라반의 머릿속에 번쩍 스쳐지나가는 생각이 있었다.

그는 혹시나 싶은 마음에 다시 한 번 비류잔월검을 펼쳤다.

쉴 새 없이 몰아치는 공격 속에서도 로지카는 이번에도 반격의 실마리를 찾았다.

그리곤 칼라반도 생각지 못한 곳으로 어김없이 검을 뻗어왔다.

칼라반은 방어하거나 피할 생각보다 공격을 택했다.

그러자 칼라반의 빈틈에 공격을 가할 수 있음에도 불구하고 로지카는 또다시 물러서며 방패로 칼라반의 검을 막아 내었다.

"그런 거였군."

마침내 칼라반은 이 대결에서 승리할 수 있는 실마리를 얻었다.

그가 회심의 미소를 짓자 로지카가 인상을 구겼다.

"제법이다만 결국 너는 내 방패를 뚫지 못하는 한 이길 수 없다!"

"그렇지 않아도 이번엔 부숴볼 생각이었다."

한 차례 호흡을 가다듬은 칼라반이 짧은 찰나에 자세를 고쳐 섰다.

조금 전의 자세보다는 몸의 균형이 한 층 앞으로 기울어져 있었다.

[스킬 여명의 검술을 발동합니다.]

칼라반의 검에서 한층 더 난폭한 검기가 폭발했다.

그의 기세가 바뀌자 이번엔 로지카도 눈매를 좁히며 집중했다.

상대가 누구든 최선을 다하는 성격이었지만, 지금까지의 공방전으로 확실히 알 수 있었다.

칼라반은 결코 자신보다 아래라 여길 수 있는 검사가 아니었다.

그렇다고 해서 자신보다 뛰어난 실력을 지닌 것도 아니다. 서로가 비슷한 실력임을 검을 부딪치며 확신할 수 있었다.

그렇다는 말은 결국 한 순간의 실수가 치명적인 결과를 낳는다는 얘기였다.

단 한 순간. 그 단 한 순간이라도 집중을 놓치면 그것이 패착이 되는 승부였다.

이 같은 사실을 잘 알고 있었기에 로지카는 칼라반의

검로를 놓치지 않기 위해 그 어느 때보다 집중했다.

"와라!!!"

하지만 결국 인간은 지치게 마련.

로지카는 지금까지 과격한 공격을 계속해서 퍼부어대는 칼라반도 종국에는 지칠 것이라 확신하고 있었다.

반면 자신은 방어에 치중하며 마나홀의 마나를 효율적으로 관리해 온 상태. 로지카가 생각하기에 승기는 이미 조금씩 기울어져 있는 거나 다름없었다.

그는 만약 상대의 마나홀이 바닥나려는 조짐이 조금이라도 보인다면 그때부터 반격의 시작을 알릴 셈이었다.

그러나 안타깝게도 로지카의 계획은 쉽게 이루어질 수 없었다.

칼라반이 지니고 있는 마나의 양은 이미 그가 가늠하기 어려울 정도로 방대했기 때문이다.

파밧!

칼라반의 검이 날카로운 검기와 함께 짓쳐들었다. 로지카는 이번에도 방패를 들어올렸다.

콰아앙!!!!

조금 전과는 확연히 다른 소리가 울려 퍼졌다.

"크윽……!"

예상외의 묵직한 일격에 로지카도 이를 꽉 깨물고 말았다.

그러건 말건 칼라반의 공격은 계속해서 이어졌다.

그의 일격이 쌓이면 쌓일수록 로지카의 방패에도 선명한 홈집들이 더해졌다. 방패를 들고 막아선 로지카의 몸도 점차 뒤로 밀리기 시작했다.

"지금까지… 최선을 다하지 않기라도 했다는 건가……!?"

갑자기 달라진 일격에 당황한 것도 잠시 로지카의 눈이 빛났다.

한 방 한 방에 강력한 힘을 싣는 대신 칼라반의 동작이 아까 전보다 훨씬 더 커져버렸다.

그 말은 곧 로지카가 반격을 가할 빈틈도 늘었다는 뜻이었다.

"아니었군… 흥분해서 무리를 하는 거였구나!"

로지카는 틈을 놓치지 않고 검을 휘둘렀다. 그의 검이 빠르게 칼라반의 빈틈을 노렸다.

그러나 칼라반은 마치 로지카의 일격을 무시라도 하듯 자신의 공격을 이어갔다.

"이런 미친놈……!!"

스각!

콰앙!!!

칼라반의 팔이 베이고 로지카가 든 방패에선 거센 충격음이 들려왔다.

"흡……!"

"크윽……!!"

칼라반과 로지카 둘 모두 신음성을 터트렸다.

방패를 들고 있던 로지카의 손이 부르르 떨리기 시작했다. 급하게 움직이느라 제대로 된 자세를 갖추지 못했던 탓이다.

그 때문에 방패에 전달된 칼라반의 힘이 고스란히 로지카의 팔에도 전달되고 말았다.

힘을 흘려내지 못한 대가는 생각보다 혹독했다.

하지만 그렇다고 해서 상황이 나쁜 것은 아니었다. 그의 검도 칼라반의 팔뚝을 베어냈으니 말이다.

로지카는 적어도 자신에게 베인 칼라반의 팔은 이제 들어 올리지 못할 정도의 부상을 입었다고 생각했다.

그만큼 베어낸 감촉이 확실했던 탓이다.

그러나 눈앞에 보이는 광경에 로지카는 두 눈을 동그랗게 뜨고 말았다.

분명 깊숙하게 베었다고 생각했건만 칼라반은 아무렇지도 않게 두 팔로 검을 들어 올리고 있었다.

"그…그럴 리가 없다… 분명 베이는 감촉이 확실했는데, 어떻게……!"

"너는 너를 살리고자 일격에 집중을 가하지 못했다. 단지 그뿐이다."

칼라반이 매서운 기세를 뿜어내며 다시 움직였다.

조금 전처럼 보법을 펼쳐 빠르게 움직이는 것도 아니었다. 천천히 걸음을 옮기는 것뿐인데 로지카는 이전과 상반되는 느낌을 받고 있었다.

"웃기지 마라!!"

이번엔 로지카가 먼저 공격에 나섰다. 그의 검이 사선으로 상승했다.

카앙!!!

마주 다가온 칼라반의 검이 그의 검을 막아섰다. 로지카는 연속된 동작으로 칼라반의 허리춤을 노렸다.

빠르게 파고드는 로지카를 보면서도 칼라반은 두 손으로 수평을 그렸다. 이번에도 로지카의 검과 칼라반의 검이 서로를 노리는 형국이 되었다.

"이런 미친……!"

로지카는 급하게 방패를 끌어당겼다. 그러나 그의 팔이 마음만큼 따라주지 않았다. 결국 로지카는 검을 회수해 칼라반의 일격을 막아내었다.

"비천……."

가까스로 검을 막아낸 로지카의 위로 발이 날아들었다.

"대륜각!!"

내기를 머금은 칼라반의 발이 로지카의 방패를 짓눌렀다.

급하게 마나를 사용했기에 망정이지 그렇지 않았다면 로지카의 팔은 그대로 힘의 무게에 짓눌려 꺾여버릴 뻔했다. 그러나 이미 상황은 돌이킬 수 없게 되어버렸다.

로지카의 몸이 휘청거리자 여지없이 날아든 칼라반의 검이 그를 베고 지나갔다.

"크아악!!"

로지카가 비명을 토해내며 다시 수비 자세를 취하려 했다. 그러나 한 번 잡은 승기를 칼라반이 놓칠 리 없었다.

[스킬 연환칠검을 시전 합니다.]

검에 막혔던 칼라반의 검이 뱀처럼 휘며 로지카의 전신을 베고 지나갔다. 붉은 핏방울이 갑옷을 적셨고, 견고히 버티던 로지카의 방패가 허물어졌다.

더 이상 팔에 힘을 줄 수 없었던 로지카는 그대로 바닥을 뒹굴고 말았다.

"어…어떻게……."

로지카는 믿을 수 없다는 얼굴로 칼라반을 올려보았다.

분명 실력의 차이는 크게 나지 않았다.

어디 그뿐인가. 대결의 승기는 자신에게 있다 확신하던 상태였다. 그런데 정신을 차려보니 이런 상황에 놓이게 된 것이다. 칼라반이 차가운 검날을 로지카의 목에 가져갔다.

"운이 좋았구나⋯⋯!"

"과연 그럴까. 그대는 분명 뛰어난 검사다. 공격과 수비 모두 좋은 균형을 이루고 있다. 하지만 오히려 그것이 그대의 패인이다."

"뭐⋯뭐라고⋯⋯?"

"너는 공격과 수비의 조화에 신경 쓴 나머지 어느 것 하나도 포기하지 못했다. 그러니 충분히 공격을 가할 수 있었음에도 몇 번씩이나 수비를 위해 공격을 거두었다."

"그럼⋯ 지금까지 일부러 그런 싸움 형식을 취했단 말이냐⋯? 내가 수비를 취할 것을 알고서⋯⋯?"

"분명 그대의 외적인 신체적 강함은 뛰어나다. 그것은 지금의 나보다 더욱 뛰어날지 모르지. 그러나 내면은 아니더군."

"그게 무슨 소리⋯⋯."

"명심해라. 작은 것조차 잃는 것을 두려워한다면, 영원히 성장할 수 없는 거다."

휘링―!

스걱!

칼라반은 단칼에 로지카의 목을 베어버렸다.

블레이드 후보의 진면목

　지켜보고 있던 제국군 병사들과 기사들은 경악을 금
치 못했다. 설마 싶었던 일이 결국 눈앞에서 벌어져버
리고만 것이다. 당연히 결투에서 멋지게 승리해낼 거
라 믿었던 로지카의 패배. 그것은 그들에게 큰 충격으
로 다가왔다.

　특히나 칼라반과 로지카의 싸움을 바로 곁에서 본 병
사들은 그 충격의 정도가 더했다. 그들이 멍해 있는 사
이 급하게 달려온 부관들이 소리쳤다.

　"저놈을 살려둬선 안 돼!!!"

　그러나 누구도 선뜻 움직이지 않았다. 아니, 못한 것

이라야 맞았다. 칼라반의 차가운 시선이 제국군을 둘러보았다. 그가 내뿜는 기세에 병사들도, 기사들도 심지어 그들에게 명령을 내리던 부관들도 압도되고 있었다.

그뿐만이 아니었다. 로지카가 쓰러져버리자 결국 제국군 전체에 커다란 동요가 일었다.

우선적으로 중심이 되어 그들을 통솔할 지휘관을 잃어버린 탓에 병사들의 대형이 빠르게 무너지기 시작했다.

아수라장이 되어버린 전장 속에서 기사들의 외침이 여기저기 터져 나왔다. 그들은 최대한 병사들의 대형을 붙잡아둘 생각이었다. 그러나 이미 지휘관을 잃어버린 병사들은 중구난방으로 흩어져버리기 시작했다.

더욱이 로지카의 죽음을 목격한 가니카스 일행과 죄수들이 더욱 기세등등하게 날뛰고 있었다.

"정말로 해내실 줄이야."

만일의 일을 대비해 칼라반의 곁에서 전투를 이어가던 레기온도 놀라워하긴 마찬가지였다. 더욱이 그에게 이런 칼라반의 모습은 아직까지도 적응이 안 될 정도로 새롭기 그지없었다. 어둠의 정령을 부리는 것이 아닌 직접 검을 들고 전장에 나선 모습이라니…….

힘겨워 보이는 싸움이었음에도 불구 칼라반은 결국

승기를 잡아내었다.

"이쪽도 마무리 지어야겠군."

레기온이 검끝을 겨누었다. 그를 막아섰던 부관들은 하나같이 굳은 얼굴들을 하고 있었다.

세 명이면 충분히 저 사내를 압도할 수 있을 거라 생각했건만 이것은 그들의 착각에 불과했다. 그들의 거센 공격에도 레기온은 어려움 없이 그들을 상대해 내었다.

오히려 간간히 이루어지는 레기온의 반격에 부관들이 심장을 쓸어내려야 했다.

후우웅—!!

레기온의 검에서 검붉은 오러가 흘러나왔다. 검신을 감싼 검붉은 오러가 검의 형상을 이루기 시작했다.

"이…이건 오러 블레이드……!"

"말도 안 돼… 오러 블레이드라면 적어도 상급 이상의 기사들만 가능한 건데……?"

레기온의 오러 블레이드를 보자마자 부관들의 사기가 꺾여버렸다. 그도 그럴 것이 이곳에 있는 부관들의 수준은 기껏해야 중급에서 중상급 초입 수준이었다.

견습 기사부터 시작해 착실히 수준을 높여왔기에 낮은 수준은 아니라 말할 수 있지만, 상급 이상부터는 수준의 차이가 확연했다. 더욱 정제된 마나를 발산하여

검의 형상을 이루어 내는 것. 그것을 바로 오러 블레이드라고 불렀다. 마나 소드는 자신의 마나로 검신을 감싸 강화시키는 정도의 개념이었지만, 오러 블레이드는 달랐다.

경갑 옷쯤은, 심지어 수련의 정도에 따라 중갑 옷까지도 아무렇지 않게 베어버릴 정도의 막강한 위력을 지닌 것이 바로 오러 블레이드였다. 때문에 오러 블레이드와 마나 소드는 애초 비벼볼 수 있을 만한 수준이 되지도 못했다. 결국 부관들은 레기온을 눈앞에 두고도 저도 모르게 뒷걸음질 치고 있었다.

그러나 이를 가만히 두고 볼 레기온이 아니었다. 그는 단숨에 부관들과의 거리를 좁혔다.

"으아아—!!"

"도… 도망쳐!!"

"피해!! 피해야 된다!!"

그나마 다른 기사들은 고군분투 하고 있었건만 오히려 부관들이 등을 보이고 도주하기 시작했다. 부관들은 나름 명성 높은 귀족가에서 자라났지만 이렇다 할 재능이 없어 편법으로나마 경험을 쌓기 위해 온 자들이 대부분이었다. 그런 그들이 이곳에서 죽음을 각오하고 싸우는 것을 기대하기란 몹시 어려운 일이었다. 레기온은 이들에게 실망하면서도 무자비한 검을 멈추지 않앗다.

그는 단숨에 두 명의 부관을 베어버렸다. 다른 부관 한 명은 어둠을 틈타 제국군 사이에 섞여 들어갔다.

지휘통계가 완전히 무너져버리자 제국군 병사들과 기사들 사이에서도 도망치는 이들이 늘기 시작했다.

하나 둘 전투를 포기하고 도주를 택하기 시작하자 가니카스 일행의 싸움도 훨씬 수월해졌다.

이제부턴 전투가 아닌 일방적 학살이었다.

만 명이나 되는 인원이 있었건만 제국군의 숫자는 어느새 눈에 띌 정도로 줄어들었다. 죄수들과 가니카스 일행이 그들을 집요하게 쫓았다. 그러나 날이 어두운 데다 산속인 탓에 계속해서 추격하기란 어려움이 따랐다.

가니카스가 전황을 살피고 있는 칼라반에게 달려갔다.

"공민님!"

"무슨 일인가."

"이대로 저들을 놓아주실 생각이십니까? 그랬다간 제국군 놈들이 저희들의 정체에 대해 황실에 알릴 것이 분명합니다! 그렇게 되면 추격대가 꾸려질 거고 또 저희를 찾기 위해 제국의 개들이 풀릴 겁니다! 이번 일로 놈들이 이미 저희 정체가 무엇인지 눈치챈 것 같으니 이대로 보내는 것보단 전부 처리하는 것이 낫지 않겠습니까?"

다급하게 말하는 가니카스가 무색하게 칼라반은 침착한 태도를 유지하고 있었다. 곁으로 다가온 레기온도 가니카스의 말에 동의하는 눈치였다. 하지만 칼라반의 다음 수를 모르는 것은 레기온도 마찬가지였다.

"이제 어떻게 하실 생각이십니까? 주군이시라면 모를까 저희들이 이 어둠 속에서 저들을 쫓기란 무리입니다. 심지어 저들 중에는 이곳 지리에 대해 잘 알고 있는 파인더들도 있습니다."

"걱정마라. 이미 녀석들이 움직이기 시작했으니까."

"예? 움직이다니 누가 말입니까?"

"잊었나? 내가 이곳으로 올 때 함께 데려왔던 자들을 말이야."

"아아……."

칼라반은 달빛 아래 빠르게 움직이는 그림자들을 보고 있었다. 그들은 먹이를 쫓는 맹수처럼 빠르고 날렵했다.

달빛에 의지할 수밖에 없을 정도로 어둠이 낮게 깔린 산중이건만 그들의 움직임은 거침없었다.

스강―! 콰지직! 콰각!!!

"으악!!"

"흐아악!!"

"뭐…뭐야 이것들은……!!"

여기저기서 제국군의 비명소리가 들려오기 시작했다. 산중의 초목들이 붉은 피로 뒤덮이는 것도 순식간이었다.

빠른 속도로 제국군을 사냥하는 그림자들을 보며 가니카스 일행도 말문이 막히고 말았다.

그들도 나름대로 흩어져 달아나는 제국군을 쫓으려 했지만 그림자들의 속도가 훨씬 빨랐다.

콰닥!

돌부리에 걸려 넘어진 부관 하나가 울상이 된 얼굴로 기어갔다. 그러나 이미 그의 앞엔 은빛 털의 늑대 가죽을 뒤집어 쓴 사내가 칼을 들고 서 있었다.

"사…살려… 커억……!"

단칼에 파고든 칼날 때문에 부관은 이렇다 할 비명조차 질러보지 못하고 절명했다. 그에게 검을 찔러 넣은 은빛 늑대가 미련 없이 자리를 벗어났다.

레기온도 산속을 제집처럼 누비고 있는 은빛 늑대들을 보며 감탄을 금치 못했다.

"대체 저들은 누구입니까? 주군께서 저런 자들과 인연이 있으신 줄은 몰랐습니다. 처음 봤을 때만해도 심상치 않은 자들이라 생각하긴 했지만… 이렇게 보니 더욱 대단하군요."

"저들은 모두 산악 민족들이다."

레기온은 그 말을 듣고 나서야 칼라반이 자신만만해하던 이유를 알 수 있었다.

"파인더가 아무리 산길을 잘 안다고 해도 그들은 결국 산에게 있어 이방인이다. 평생을 산속에서 살아온 산악 민족들을 능가할 순 없지."

"주군을 바라보며 어디까지 놀라야 하는지 가늠이 되질 않는군요… 산악 민족까지 끌어들이셨을 줄은… 이제는 경이로울 지경입니다."

"이 정도에 놀라선 곤란하다, 레기온."

"제가 더 놀랄 것이 있습니까? 그렇다면 미리 말씀해 주십시오. 지금 한꺼번에 다 놀라워하겠습니다."

"이 다음은 어나니머스다."

"…예?"

칼라반의 입에서 전혀 예상치 못한 말이 흘러나왔다. 레기온은 자신이 잘못 들은 것은 아닐까 싶었다.

칼라반은 레기온을 돌아보며 입을 열었다.

"싸움에 있어서 가장 중요한 것은 정보다."

"…그건 그렇습니다. 정보를 많이 가진 쪽이 싸움을 유리하게 가져갈 테니까요."

"그리고 우리에겐 많은 정보가 있어도 현명히 처리할

수 있는 인물이 있다."

"그건 유운량 씨를 두고 하는 말입니까?"

칼라반이 고개를 끄덕이며 운량을 바라보았다. 유운량은 산악 민족들을 움직여 제국군을 쫓는데 여념 없었다.

"운량만큼 제격인 사람이 없다."

"주군께서 그렇게 생각하신다면 그런 거겠지요. 제 생각에도 유운량 씨라면 많은 정보들이 흘러들어온다 해도 휘둘리지 않을 것 같습니다."

"내 생각도 같다. 정보가 많아지면 오히려 사람의 판단이 흐려지게 마련이다. 그렇게 되면 역으로 정보가 사람을 휘두르는 꼴이 되어버리지. 그러나 운량은 다르다."

"무서우리만치 정보를 잘 다루지 않을까 싶습니다."

"후후… 어쨌건 지금의 우리에겐 오히려 정보가 현저히 부족한 상태다. 또한 내가 찾으려는 이들에 대한 단서를 얻기 위해서라도 정보력이 뛰어난 세력은 꼭 필요하다. 그대를 찾을 때만 해도 알아낼 수 있는 정보가 적어 생각보다 시행착오를 겪었었으니까."

"그래서 그 집단으로 어나니머스를 택하신 겁니까? 하지만 쉽게 이해가 되질 않습니다. 어나니머스는 어째신들이 모여 있는 집단입니다. 더군다나 그들은 암살을 예술로 생각하는 무서운 자들이기도 합니다. 그런 어나니머스를……."

"생각해봐라 레기온. 암살을 행하려면 외려 수많은 정보가 필요하지 않겠나?"

칼라반의 말에 레기온은 뒤통수를 한 대 맞은 느낌이었다. 왜 그것까지 생각하지 못했을까.

그동안 그는 어나니머스를 암살 집단이라고만 여기고 있었다. 어나니머스는 다른 어느 곳과도 비교할 수 없는 커다란 세력을 지닌 암살 집단이기도 했다.

그뿐인가! 어나니머스의 실력은 의심할 여지도 없었다. 그들이 어디에 있는지 어떻게 나타나는지 아는 이도 없었다. 철저히 고립되어 있으면서도 자신들이 원하는 암살만을 고집하는 독특한 집단. 그러나 한 번 맡은 암살 의뢰는 무슨 일이 있어도 성공해내는 것이 바로 어나니머스였다. 설사 수많은 어쌔신들이 목숨을 바쳐야 한다고 해도 말이다. 그것이 어나니머스가 한때 공포로 군림한 이유였다. 그들의 암살행은 곧 대상의 죽음을 의미했다.

"공민님의 말씀이 맞습니다. 저희 어나니머스는 암살을 하기 위해 수많은 장소에 정보원들이 퍼져 있습니다."

어느새 그들의 곁으로 다가온 한니발이 대화에 끼어

들었다. 이미 그가 다가오고 있는 것을 알고 있었기에 칼라반은 그다지 놀라지 않는 눈치였다. 반면 레기온은 소리 소문 없이 다가온 한니발을 보며 조금은 놀란 눈치였다.

"그러나 공민님."

"무엇인가."

"어나니머스를 공민님께서 어떻게 생각하시는지 모르겠지만… 감히 한 말씀 드리자면 그들은 다른 집단과 궤를 달리 합니다. 결코 가볍게 여길 수 있을 만큼 녹록한 집단이 아닙니다. 오히려 그들과는 함부로 엮이지 않는 것이 좋습니다. 이것은 진심으로 드리는 말씀입니다. 그러니 다시 한 번 생각해보는 것이 어떻겠습니까?"

"아니. 나는 그들을 취할 생각이다."

어나니머스로

한니발은 절로 벌어지는 입을 어쩌지 못했다. 그가 보기에 칼라반은 이미 확고히 마음을 먹은 상태였다. 평소와 같은 얼굴을 하고 있는 칼라반과 다르게 외려 한니발의 얼굴이 어두워졌다. 그는 칼라반을 말리고 싶었지만 막상 그의 표정을 보니 그것조차 쉽지 않을 것 같아 보였다.

"좋습니다… 따로 생각해두신 계획은 있으신 겁니까?"

"우선은 그들을 만나봐야겠다."

"미리 말씀드리지만, 그들을 힘으로 굴복시키시려는

거라면… 여기서 멈추시는 것을 추천 드립니다. 자칫 잘못하다간 어나니머스와 영원히 돌아설 수 있습니다. 그렇게 되면 어나니머스의 모두가 죽는 날까지 공민님을 향한 암살행은 계속될 겁니다."

"잘 알고 있다. 그리고 힘으로 그들을 어떻게 할 수 있을 만큼 현재의 난 강하지 않다."

"예? 그럼 어떻게 하실 생각이신 겁니까?"

"그 전에 그들을 만나게 해 줄 수 있겠나? 계획은 가면서 설명해주도록 하겠다."

"아… 예. 그거라면 가능합니다."

한 치의 망설임도 없는 대답에 칼라반이 의외라는 얼굴을 했다. 그의 표정을 살핀 한니발이 멋쩍은 미소를 짓고 있었다.

"절 빼놓고 재밌는 얘기라도 나누는 모양이군요."

어느새 그들의 곁으로 다가온 유운량이 말했다.

칼라반이 운량을 향해 고개를 돌렸다.

"상황은?"

"산악 민족 분들 덕분에 쉽게 해결 되었습니다. 확실히 산에서 그들을 따돌리기란 거의 불가능에 가까운 지경이더군요."

유운량은 산악 민족들에게 칭찬을 아끼지 않았다.

사실 그가 많은 것을 한 것도 아니었다. 단지 저들의

도주 경로를 파악해 산악 민족들에게 넌지시 알려준 것뿐이었다. 그것만으로도 산악 민족들은 빠르게 제국군들을 추격해 제거했던 것이다.

"산악 민족들의 능력은 의심할 여지가 없다. 그래서 이곳으로 함께 온 거고. 나중에 세오나에게 고맙다는 인사를 전해야겠군. 우리들을 위해 기꺼이 은빛 늑대들을 보내주었으니……."

상황이 어느 정도 마무리 되자 가니카스와 바티투스가 칼라반을 찾아왔다. 그들은 이번 일에 도움을 준 것에 진심으로 감사하는 마음을 표했다.

"덕분에 이렇게 성공적으로 바티투스 형님과 다른 가족들을 구해낼 수 있었습니다. 정말 감사합니다, 공민님!"

"저도 감사하다는 말씀을 드리고 싶군요. 그리고 이번에 받은 도움은 언젠가 갚도록 하겠습니다."

"우리 바티투스 형님의 말이니 믿으셔도 됩니다. 이 형님이 다른 건 몰라도 의리나 가족애같은 것은 끝장납니다!"

가니카스가 일부러 엄지손가락을 치켜 올려 보이며 말했다. 칼라반은 그런 가니카스를 보며 미소 지었다.

"알겠다. 하지만 아직 상황이 완벽히 끝난 것은 아니니 서둘러 자리를 피해야 한다. 오늘 일이 제국에 알려

지는 것도 금방일 거다. 그동안 최대한 이곳에서 벗어나 그대들의 보금자리로 돌아가라."

"그렇게 하겠습니다! 그리고 이번 일에 관해서는 아버지한테도 잘 말씀드리겠습니다."

"고맙군. 길 안내는 저들이 도와줄 거다."

칼라반은 한쪽에서 대기하고 있는 은빛 늑대 세 명을 가리켰다. 가니카스와 바티투스 일행은 부상자들을 데리고 서둘러 자리를 벗어났다.

은빛 늑대들이 앞장서며 그들에게 길을 안내해 주었다.

"그럼 우리도 이만 이곳에서 떠나도록 할까."

칼라반의 명에 남은 이들도 떠날 준비를 했다. 레기온은 이곳을 벗어나기 전 다시 한 번 전장을 살폈다.

여기저기 번져 있는 붉은 핏물들과 시체들이 치열한 전투가 있었음을 여실히 보여주었다.

가니카스 일행들의 죽음도 꽤나 있었지만 제국군은 만 명 모두가 몰살하는 엄청난 피해를 입었다.

이를 보며 레기온이 입을 열었다.

"이 일이 알려지면 제국도 발칵 뒤집히겠습니다. 다른 곳도 아닌 제국 영토 내에서 제국군이 습격을 받은 것도 모자라, 하필 습격 받은 이들이 죄수호송단이어서… 잡혀 있던 죄수들은 도주, 죄수호송차를 이송하

던 죄수호송단 만 명은 전멸. 여러 가지로 대서특필감
이로군요."

"그래. 덕분에 제국이 한 번 떠들썩하겠어."

칼라반과 남은 일행들도 산악 민족들의 안내를 따라
신속히 자리를 벗어났다.

그들의 말대로 카메시타 산맥에서의 일은 근처 도시
들을 발칵 뒤집어놓고 말았다. 해가 뜨자마자 카메시
타 산맥을 넘어가려던 상인들이 제국군들의 시체와 부
셔져 있는 죄수호송차를 발견해냈고, 이를 곧바로 인
근 도시들에 알린 것이다. 상황을 전해들은 성주들이
급하게 병력을 꾸려 카메시타 산맥을 수색했으나 이미
늦어버린 뒤였다.

간밤에 죄수호송차를 습격했던 자들은 흔적도 없이
사라졌고, 험악하기로 유명한 카메시타 산맥을 샅샅이
뒤지는 것 또한 그다지 효율적인 일은 아니었다.

습격자들의 정체를 추측하기에도 단서가 지나치게 적
었다. 이는 유운량이 떠나가기 전 뒤처리를 깔끔하게
해놓은 덕분이었다. 이에 습격자들의 정체도 오리무중
이 되어버리자 한데 모였던 인근 성주들도 고심에 빠지
고 말았다. 그렇다고 이미 도망친 무리를 억지로 쫓아
보려고 할 수도 없는 노릇.

성주들이 앞으로 어떻게 할 것인가에 대해 골머리를

썩고 있을 때 바그라드는 축제 분위기였다.

그들은 무사히 살아 돌아온 가족들을 위해 성대한 축제를 열었다. 기뻐하는 그들을 바라보며 아라카인도 커다란 술잔을 들어올렸다.

"정말 해낼 줄은 몰랐군."

"아버지도 직접 봤어야 했는데 정말 아쉽구만!"

"가니카스 네가 그렇게 들뜰 정도로 재밌었나?"

"그럼, 그럼! 아버지만큼은 아니지만 우리 블레이드 후보님도 엄청 화끈하시던걸?"

"응? 뼈랑 가죽밖에 없는 녀석이? 실제로 보니까 말라 비틀어져 있던데."

"우리들하고 비교하면 안 되지. 아니 아무튼! 생긴 것과 다르게 아주 화끈하게 싸우더라니까. 제국군 놈들의 방패며 갑옷이며 할 것 없이 다 박살내더라고."

"호오… 그 정도로 힘이 쎄다고?"

"그렇다니까! 전투 스타일이 아주 화끈해! 게다가 움직임도 빨라. 엄청 빨라서 제국군 놈들이 미처 반응도 못했어. 이거 우리 블레이드 후보님 아주 물건이야. 만 명이 넘는 제국군 사이로 혼자 몸을 날리는 게 아무나 가능하겠어?"

가니카스는 흥이 잔뜩 오른 목소리로 계속 얘기했다.

비단 술 기운 때문은 아니었다. 그는 실제로 카메시타

산맥에서 봤던 칼라반의 모습에 반해버리고 말았다.

특히나 홀로 제국군 사이로 들어가 지휘관인 로지타의 목을 베어냈던 일은 아직까지도 선명히 기억났다.

"이야… 소문도 그렇고 막상 실제로 봤을 때도 그렇고. 그냥 머리만 좀 쓸 줄 아는 분인가 했는데 그런 실력을 감추고 있었을 줄은… 캬아! 취하는구만!"

"후후, 그러다 입이 닳겠다, 가니카스. 그럼 너는 그 풋내기를 어떻게 봤냐?"

아라카인은 술병을 들어 바티투스의 잔에 따라주었다.

바티누스는 아라카인이 따라준 술을 단숨에 들이켰다.

"아직 제대로 단련된 검술은 아니었지만… 분명 재능은 있었다. 게다가 신기하게도 두 가지의 검술을 구사하더군."

"두 가지의 검술?"

"정확한 것은 아니지만 내가 느끼기엔 그랬다."

"웃기는 놈이로군. 한 가지에만 몰두해도 마스터의 경지를 볼 수 있을까말까 한데 두 가지나 건드리고 있다고?"

"내가 말하는 그분의 재능이 바로 거기에 있다. 두 가지의 검술을 효율적으로 잘 다루는 모습을 봤으니. 아직 여물지 않았지만 누군가 옆에서 조금만 가르쳐준다면 무시할 수 없는 검사가 될 거다. 그런데 의외로군… 그런 실력을 지닌 분이 블레이드 후보들 중 가장 서열이 낮은 곳에 위치해 있다니…….”

“오호라… 우리들 중 사람 보는 눈이 비교적 정확한 바티투스 네가 그렇게까지 말할 정도라니… 이것 참 의외로군.”

아라카인이 입가에 미소를 흘렸다. 그는 술잔을 내려놓고 몸을 일으켰다.

“뭐야? 화장실이라도 가려고?”

“아니. 어쨌거나 그 풋내기는 훌륭하게 임무를 완수해냈다. 그것도 나의 도움도 받지 않고 말이야. 그러니 그에 상응하는 보답을 해줘야겠지.”

“오오, 뭘 해주려고!?”

“크레이서스!!”

아라카인의 부름에 먼발치서 술을 마시고 있던 크레이서스가 그의 곁으로 다가왔다.

“무슨 일이야, 형?”

“준비해라.”

“무슨 준비를?”

“라그나로크의 원로들을 만나러 갈 거다.”

“으음? 갑자기 원로들은 왜?”

"실력은 있는데 든든한 배경이 없는 안타까운 녀석을 구제해주러 갈 생각이다."

＊　＊　＊

뿌옇게 낀 안개 속에서 일단의 무리가 길을 걷고 있었다. 한니발은 한 치 앞도 보이질 않는 안개 속에서도 마치 길이 훤히 보이는 것처럼 성큼성큼 걸음을 내딛었다. 그와 함께 온 칼라반이나 레기온은 묵묵히 따라 걷고 있던 반면 운량은 초롱초롱한 눈빛으로 주변을 훑었다.

"허어… 이것은 따로 진 같은 것을 펼쳐둔 것이 아닌 자연 그대로의 것이군요."

"맞습니다. 예전부터 이곳은 일 년 내내 안개가 자욱하게 껴있는 것으로 유명했죠."

"이런 음침한 곳에 있단 말이지…….."

가득 찬 습기 때문인지 찜찜한 기분이 더해지고 있었다. 그런데 문제는 그것만이 아니었다.

"옵니다."

한니발이 경고함과 동시에 기이한 소리가 들렸다. 재빠르게 날아든 그림자가 순식간에 칼라반을 향해 몸을 날렸다.

휘릭—! 촤라락!!

칼라반의 검이 횡을 그리자 그림자가 단숨에 두 동강
나고 말았다. 이를 시작으로 몇몇 그림자들이 칼라반
일행을 연속해서 덮쳐왔다. 안개 속에 몸을 숨기고 있
던 몬스터들이 가까이 다가오니 적나라하게 모습이 드
러났다. 어린 아이만한 몸집을 갖고 있는 쥐떼가 붉은
눈으로 칼라반 일행을 쳐다보고 있었다.

"앞서 설명 드렸지만 녀석들의 앞니에는 독이 묻어 있
습니다. 그러니 각별히 주의하십시오. 게다가 살아 있
는 생물이라면 다 뜯어먹는 녀석들이니…….."

"설명은 그만하면 되었다."

칼라반과 레기온이 동시에 앞으로 나섰다. 그들은 서
로 먼저랄 것도 없이 앞장서서 검을 휘둘렀다.

"이런 일이라면 제게 맡겨주셔도 됩니다만…….."

"그럴 순 없지. 검을 연습할 수 있는 좋은 기회인걸."

칼라반은 레기온에지지 않고 연신 검을 휘둘렀다.
그의 검에서 발출된 검기가 유려한 곡선을 그렸다.

[경험치를 획득했습니다.]
[경험치를 획득했습니다.]

줄어드는 몬스터들의 숫자만큼 빠르게 안내 메시지

창도 떠올랐다. 생각보다 적은 경험치였지만, 몬스터들의 숫자가 많아서인지 쏠쏠한 양이 채워지고 있었다.

칼라반은 몬스터들을 죽이면서도 한편으로 트라이어딘스 던전을 떠올렸다. 특히나 그곳에서 마지막으로 느꼈던 거대한 존재에 대해 생각했다.

'이제 녀석을 찾으러 가봐야겠군.'

그가 예상하기로 아마 그 존재가 바로 트라이어딘스 던전의 보스 몬스터가 아닐까 싶었다. 물론 어디까지나 예상이었지만 곧 확인하면 될 일이었다.

"녀석을 죽이면 얼마나 많은 경험치를 획득할지……."

상상만 해도 즐거운 일이었다.

트라이어딘스 던전에 있었을 때 죽였던 오우거 족장이나 오크 족장 같은 중간 보스 몬스터들만 해도 성장하는 재미가 쏠쏠했었다. 하물며 트라이어딘스 던전의 보스 몬스터라면 더더욱 큰 보상이 있을 거라 확신했다.

어쨌거나 지금은 안개 속에서 덮쳐오는 몬스터들을 사냥하며 조금이나마 경험치를 얻어가고 있었다.

이를 모르는 레기온이나 한니발으로선 칼라반이 정말로 검술 연습을 위해 먼저 나서는 것이라 여기고 있었다.

물론 몬스터들을 상대로 실전 감각을 더욱 익히며 스킬의 완성도를 높여가려는 이유도 있긴 했다.

일행이 안개 속을 거니는 동안 몇 번씩이나 몬스터들의 습격이 있었고, 그때마다 칼라반과 레기온이 나서서 몬스터들을 처리해 내었다.

"저야 이곳이 익숙하고 숱하게 겪은 일이니 그렇다 치지만… 두 분은 어떻게 그렇게 놈들의 습격을 잘 알아차리시는 겁니까?"

"오랫동안 눈을 잃고 살아봐라. 그러면 절로 감이란 게 생길 거다. 묘하게 느껴지는 그런 것 말이야."

레기온의 말에 한니발이 고개를 흔들었다. 그도 레기온의 사정을 얼추 들어 알고 있었지만 확실히 평범한 인물은 아니었다. 그의 시선이 이번엔 칼라반에게로 향했다.

"음, 어느 정도 이해가 됩니다. 저 또한 어쌔신으로서 키워질 때 칠흑 같은 암실에서 날아오는 암기들을 피하는 훈련을 했었으니까요. 그런데 공민 블레이드 후보님께선 어떻게……."

"영업 비밀이다."

생각지도 못한 답변에 한니발은 물론 레기온까지 이상한 표정을 지었다. 그들의 반응에 오히려 칼라반이 고개를 갸웃거렸다.

"문제 있나?"

"아…아닙니다… 주군께서 그런 농담을 하시는 것을 별로 본 적이 없어서…….”

"원래 나는 밝은 사람이다.”

칼라반의 말에 레기온이 헛기침을 날리고 말았다.

이에 한니발이 슬쩍 레기온에게 다가와 귀를 빌렸다.

"정말입니까……?”

"그럴 리가… 그런 분에게 극한의 군주라는 이명이 붙을 리 있겠나.”

그들이 칼라반을 두고 속닥거리는 사이 어느새 안개는 걷혀가고 있었다. 그리고 그들 앞에 나타난 광경은 예상과는 전혀 다른 세계였다.

무대의 마스터

"음…? 내가 생각한 것은 이런 게 아닌데…….”

"좀 더 음침하고 어두운 분위기를 상상하셨습니까?”

"솔직히 말해서 그런 풍경을 예상하긴 했는데… 이건 정말 의외로군. 그렇지 않습니까?”

레기온이 칼라반을 돌아보며 물었다.

어나니머스가 있는 곳은 좀 더 삼엄하고 음습한 분위기 일줄 알았다.

그런데 웬걸. 처음 보이는 풍경이 농사짓고 있는 이들의 모습이었다.

농부들이 밭일을 하고 있고, 한쪽의 사냥꾼들은 잡아

온 짐승들을 그늘진 곳으로 옮기고 있는 광경이 영락없는 시골 마을의 풍경이었다.

"이건 정말 예상치 못한 광경이긴 하군."

칼라반도 전혀 예상치 못한 풍경에 고개를 끄덕였다.

그조차도 당황한 빛이 역력히 드러나 있었다.

"이곳도 사람 사는 곳입니다. 살아가려면 먹을 것들이 있어야 하니 어쩔 수 없는 선택이었죠. 어째신이라고 해서 늘 암살만 하는 것은 아닙니다. 아, 뭐 한 때는 그랬지만요… 하지만 여기 보이는 것이 다가 아니니 방심하시면 안 됩니다."

"물론."

한니발의 말이 아니더라도 사실 조금 전부터 칼라반에게 떠오르는 메시지가 있었다.

무공을 익히고 내공이 증진됨에 따라 기감이 발달하면서 나타나기 시작한 메시지였다.

[살기가 감지되었습니다.]
[살기가 감지되었습니다.]

그들이 이곳으로 모습을 드러내자마자 경고창이 눈앞에 나타났다.

"벌써부터 주목받고 있는 모양이로군."

칼라반의 말이 끝나자마자 약속이라도 한 듯 그들의 앞으로 다가오는 사내가 있었다.

그는 굵은 땀방울을 닦아내며 칼라반과 레기온을 빠르게 훑었다.

그리곤 한니발의 앞에서 고개를 숙여보였다.

"돌아오셨습니까."

"아… 예, 잘 지내셨어요, 페브르 아저씨."

"사춘기 때의 치기 어린 행동치고는 꽤나 오래 걸렸군요. 다시 돌아온 이유는 마음을 다잡았기 때문입니까?"

"아뇨. 저는 지금도 같은 생각입니다."

"저런… 대장이 슬퍼하겠군요. 어쨌든 잘 돌아오셨습니다. 그나저나, 뒤에 있는 외부인들은 누구입니까? 이곳으로 외부인들의 출입은 금지입니다만… 그것은 공자님이 데려온 손님이라도 마찬가지입니다."

부드럽게 생긴 얼굴과 다르게 페브르라 불린 사내가 기세를 내뿜기 시작하자 진득한 살기가 흘러나왔다.

농사를 짓던 이들도, 한쪽에 앉아 있던 사냥꾼들도 눈빛부터 달리하며 칼라반과 레기온을 노려보았다.

외부인인 칼라반과 레기온을 경계하고 있는 것이다.

"확실히… 이곳이 어나니머스가 맞군."

그들은 이제야 이곳이 어나니머스 한복판임을 제대로

실감할 수 있었다.

사방에서 느껴지는 살기에 레기온마저 등골이 서늘할 정도였다.

저기 평범하게 보이는 농부조차 눈빛이 달라지니 드러내는 존재감부터 달라졌다.

레기온은 저도 모르게 침을 꿀꺽 삼켰다.

이곳은 어쌔신들이 살아가는 마을.

한시라도 방심했다간 무슨 일이 벌어질지 모르는 살얼음판 같은 장소였다.

그때 칼라반이 앞으로 나섰다.

"그대들의 대장과 얘기를 나누러 왔다."

"우리들의 대장과? 글쎄⋯ 우리 대장은 당신과 할 말이 없어 보이는데. 이만 돌아가십시오. 공자님이 데려온 손님이라 특별히 목숨을 끊지는 않을 테니 이곳에서 본 것 들은 것 어느 것 하나 밖에서 얘기하지 말아야 할 겁니다. 그렇지 않으면⋯⋯."

페브르가 손으로 목을 긋는 시늉을 했다.

별것 아닌 제스처였지만 그가 하니 살벌한 경고로 다가왔다.

"페브르 아저씨. 죄송하지만 이분은 제가 모시는 분이에요. 그러니 아버지와 한 번쯤은 얘기를 나눌 수 있도록 해주세요."

"안 됩니다. 그리고 잊으셨습니까? 우리 어나니머스는 우리가 인정한 주인 외엔 그 누구도 모시지 않습니다. 그러니 철없는 방황은 그만두시고 다시 돌아오십시오."

"아저씨야 말로 잊으셨어요? 저는 이곳이 바뀌지 않는 이상 결코 여기에 머물 생각이 없어요. 그리고 제가 이곳을 바꿀 수 있겠다는 생각이 들었을 때, 그때 다시 돌아오겠다는 말씀도 드렸을 텐데요?"

"호오… 그럼 우리들에게 변화를 가져다 줄 사람이 지금 저 자라고 말씀하시고 싶은 겁니까? 제가 보기엔 저쪽 보다는 차라리 저쪽이 더 가능성 있어 보입니다만."

페브르는 칼라반이 아닌 레기온 쪽을 가리켰다.

그러자 레기온이 어깨를 으쓱였다.

"잘못 짚으셨습니다. 당신들과 대화를 나누러 온 사람은 제가 아닌 여기 계시는 제 주군입니다."

"…당신 같은 자가 저 사내를 모신다고?"

"저 같은 놈이 이분을 군주로 모실 수 있어 얼마나 영광인지 모르겠군요."

페브르의 말에 레기온이 거침없이 받아쳤다.

그러나 페브르는 아무런 감정 동요도 보이질 않았다. 그는 레기온의 말을 가볍게 무시해버렸다.

"어쨌거나 당신들은 이제 그만 돌아가는 것이 좋겠습니다."

"아니, 이게 누구여?"

그때 그들의 뒤편에서 다른 목소리가 들려왔다.

갈색빛이 섞인 검은 머리칼의 중년인이 뒷짐을 진채 이곳으로 걸어오고 있었다.

흙먼지가 잔뜩 묻은 옷에 들고 있는 곡괭이는 영락없는 촌부의 모습이었다.

말투마저 구수한 그가 허허실실 웃으며 한니발을 바라보았다.

"아니, 너는 집나간 내 아들내미 아니냐아!?"

"아버지……!"

"껄껄! 언제 돌아온겨? 이제 막 돌아온겨?"

한니발이 사내를 아버지라 부르며 고개를 숙였다.

그의 반응에 칼라반과 레기온이 눈빛을 달리했다.

저렇듯 허술한 모습을 보이고 있었지만 지금 그들의 앞에 있는 자는 현재의 어나니머스를 이끌어가는 거대한 존재라는 얘기였다.

"이잉? 이 사람들은 누구여? 우리 아들내미 손님들인가?"

"아버지. 아버지께 긴히 드리고 싶은 말씀이 있어 찾아왔습니다."

"할 말은 네가 아니라 저짝이 있는 것 같은데? 아니여?"

중년인의 시선이 칼라반에게로 향했다.

단지 그와 시선을 마주한 것뿐이건만 순간적으로 칼라반은 전신에 닭살이 돋는 것을 느꼈다.

허술해 보이지만 그에게서 느껴지는 은근한 기도는 날카롭게 잘 벼려진 칼날과 같았다.

중년인은 언제 그랬냐는 듯 허허롭게 웃으며 모자를 치켜 올렸다.

"그럼 이짝으로 모셔야제. 다들 뭐 허나? 아주 오랜만에 손님 맞을 준비나햐."

"아니, 대장! 지금 손님을 맞겠다는 건가!?"

"불만 있는 겨? 그러면 지금 얘기 혀."

사내가 페브르를 돌아보았다.

그러나 페브르는 인상을 굳힐 뿐 아무런 대꾸도 하지 않았다.

"그렇게 인상 쓸 것 없어. 저들은 내가 개인적으로 맞이하는 손님이니까. 어나니머스의 리더로 맞이하는 것이 아니여. 그래도 일단 저자들 덕분에 내 아들내미가 돌아왔으니까 감사 인사는 혀야제."

"쯧… 대장도 참… 저들이 누군 줄 알고……."

"아무렴. 우리 아들이 고집은 쎄도 아무나 이리로 데

무대의 마스터 231

려올 만큼 아둔한 놈은 아니제. 그렇지 않어?"

"저어… 죄송합니다, 아버지……."

"죄송할 것 없어. 미안해 할 것도 없고. 너처럼 젊은 나이에는 그런 혈기도 있어야 하는 것이여. 그러니 되었다."

중년인이 돌아서자 이곳으로 모여들었던 어쌔신들도 살기를 거두어들였다.

그러나 감시의 시선이 끊긴 것은 아니었다. 여전히 어쌔신들은 주위에 맴돌아 그들을 지켜보고 있었다.

칼라반의 기감에 잡히는 이들만 해도 수십은 되니 시스템 오로라의 안내 메시지도 계속해서 떠오르고 있는 중이었다.

그러나 칼라반은 다른 것보다 중년인의 걸음걸이에 시선이 집중되었다.

그는 마치 보법이나 경공을 익힌 사람처럼 일정하면서도 가벼운 보폭을 유지했다.

그런데 이 모습을 가만히 보고 있으니 마치 공중에 떠서 걸어가는 느낌이었다.

가까이 있어도 아무런 소리도 들리지 않을 만큼 조용한 걸음이 자꾸만 칼라반의 시선을 훔쳤다.

중년인이 안내한 곳은 이곳 안쪽으로 자리한 성의 내부였다.

그러나 오랫동안 사용하지 않은 탓인지 여기저기 먼지가 자욱하게 끼어 있었다.

　하지만 곳곳에 비치된 화려한 장식물들과 화려한 건축 구조들은 과거 어나니머스의 영광을 여실히 드러내주고 있었다.

　"그래도 나름 좋은 곳으로 데려오려고 생각하다보니 이곳을 택하게 되었지만… 오랫동안 관리를 안 해서 그러니 이해를 좀 해줬으면 좋겠구만."

　중년인은 자리를 권하며 자신은 위쪽에 있는 돌부리에 걸터앉았다.

　중앙에 마련된 상석은 아무도 앉지 않고 공석으로 남겨두었다.

　"우선 당신들한테 고맙다는 인사부터 해야겠구만. 덕분에 우리 아들내미가 돌아왔으니. 참으로 고맙소."

　"아닙니다."

　"당신들이 부탁하지 않았으면 아마 못난 아들놈은 이곳으로 돌아올 생각도 안했겠제. 그렇지 않어?"

　중년인이 한니발을 바라보며 웃었다.

　한니발은 괜히 헛기침을 해대며 그의 시선을 피했다.

　"자아… 아비로서의 감사 인사는 이만하면 된 것 같고… 무슨 일로 이곳까지 겁도 없이 찾아온 것이여?"

　후우웅―!!

웃고 있었지만 중년인에게서 무시할 수 없는 기운이 흘러나오기 시작했다.

레기온은 그가 흘려보내는 기운에 내심 놀라고 있었다.

'어나니머스가 괜히 유명해진 것이 아니었군…….'

다른 자들도 만만치 않은 존재감을 풍겼지만 눈앞에 있는 중년인은 차원이 달랐다.

아마 곁에 있는 페브르라는 사내보다 몇 수 위인 듯 보였다.

그러나 칼라반은 그의 기세를 마주하고도 평온한 얼굴을 하고 있었다.

"여기가 어딘지는 잘 알고 왔는가?"

"물론이다."

"그렇구만. 그러면 이곳으로 발을 들인 이유가 있겠제?"

슈슉!

유령처럼 사라진 중년인이 순식간에 칼라반의 앞에 걸터앉았다.

그는 칼라반과 가까이서 얼굴을 마주했다.

"우리 아들내미를 이곳까지 데려와줬으니 다른 누군가를 암살하려는 거라면 특별히 들어주도록 하겠다. 그러나… 겁 없이 어나니머스의 가면 뒤로 발을 들인

이상 너희들은 이곳에서 나가지 못할 것이여."

"아니, 암살은 필요 없다."

"호오… 암살은 필요 없다!? 그럼 원하는 것이 뭐여?"

"나는 어나니머스 무대의 마스터가 되러 왔다."

칼라반의 입에서 생각지도 못한 말이 나오자 중년인은 물론 이곳으로 모인 모두가 놀란 얼굴을 했다.

중년인이 자세를 고쳐 잡으며 말했다.

"너, 그 말이 무슨 뜻인지는 알고 하는 말이여?"

"물론."

"그 말을 감당할 자신도 있고?"

"그렇지 않았으면 이곳까지 찾아오지 않았을 거다."

"호오…….'

지금껏 허허실실 웃고 있던 중년인이 처음으로 차가운 표정을 지었다.

그의 두 눈은 맹렬히 칼라반을 노려보았다.

칼라반도 이에 물러서지 않고 그를 마주 응시했다.

둘 사이의 대화를 듣고 있던 레기온이 한니발의 귓가에 슬쩍 속삭였다.

"어나니머스 무대의 마스터가 된다는 것이 무슨 뜻이지?"

"말 그대로 어나니머스의 마스터가 되겠다는 얘기입

니다."

"그게 무슨… 네 아버지가 어나니머스의 대장이 아니
었나?"

그의 물음에 한니발이 살며시 고개를 가로저었다.

"엄밀히 말하자면 저의 아버지는 리더 격인 인물입니
다. 다들 아버지를 편의상 대장으로 부르지만, 이것과
어나니머스 무대의 마스터가 된다는 것은 차원이 다른
얘기입니다."

"왜? 별 차이가 없는 것 같다만……."

"제 아버지는 어나니머스 어쎄신들의 의견을 듣고 모
아서 의사결정을 진행하지만, 어나니머스의 마스터는
다릅니다. 그의 뜻이 곧 어나니머스의 뜻이 되고, 그의
암살행이 곧 어나니머스의 예술이 되는 겁니다. 아직
도 이게 무슨 말인지 모르겠습니까?"

"음……."

"공민님의 말 한 마디면 그곳이 어디든, 어떤 일을 해
야 하건 어나니머스 전체가 움직일 거라는 얘기입니
다."

어나니머스의 시험

한니발의 얘기에 레기온은 저도 모르게 무거운 침음성을 흘렸다.

어나니머스 전체를 움직인다.

이는 결코 가볍게 들을 수 있는 말이 아니었다.

어나니머스가 워낙 잘 알려지지 않은 집단이긴 했지만, 이들을 아는 자들은 하나 같이 말했다.

'제국 황실에 나이트워커가 있다면… 제국 너머에는 어나니머스가 있다.'

은밀하고 베일에 싸여 있는 공포와 신비의 집단이 바로 어나니머스였다.

그런 어나니머스가 칼라반의 말 한 마디에 모두 움직인다는 것은 상상만 해도 전율이 돋는 장면이었다.

　"하지만 그런 일이 결코 쉬울 리 없겠지……."

　"당연합니다. 제 아버지조차 마스터의 자리로 오르려는 것은 꺼려 하셨으니까요."

　"그 정도인가…? 그런데 우리 주군께서는 무슨 자신감으로……."

　"저도 몇 번을 말렸습니다. 저는 어렸을 적 아버지께 그 방법을 들어 잘 알고 있습니다. 그래서 아버지께 들었던 얘기를 공민님께도 똑같이 전해드렸습니다. 그런데 놀랍게도 공민님은 이미 그 방법을 알고 계시더군요. 그럼에도……."

　"주군께서?"

　그들이 귓속말을 주고받을 때 무겁게 닫혀 있던 중년인의 입이 다시 열렸다.

　"그런데… 그대는 그 말을 어떻게 알고 있는 것이지? 우리들 무대의 마스터가 되겠다는 얘기는 어나니머스에 몸을 담고 있지 않으면 알고 있기 힘든 말인데 말이여. 혹시나 나의 아들내미가 말해준 것이여?"

　잠시 대답 않고 침묵을 지키던 칼라반이 슬쩍 고개를 끄덕였다.

　"쯧… 내 철 없는 아들내미가 새로운 바람이 어쩌고저

쩌고 하더니… 괜한 희생양을 데려왔구만. 그럼 우리들의 마스터가 되는 시험이 어떤 것인지도 듣고 온 겨?"

"그렇다."

"껄껄, 이거 흥미롭구만. 그 얘기꺼정 들었는데 여기까지 찾아온 거여? 스스로에 대한 실력을 지나치게 과신하고 있는 것 아니여? 보니까 그쪽은 뒤쪽의 수하만도 못한 것 같은데…….

중년인의 눈은 비교적 정확했다.

그는 여유로운 태도로 칼라반을 돌아보았다.

"그러지 말고 마지막으로 기회를 주겠네. 차라리 죽이고 싶은 인물을 말혀. 상대가 누구든 우리가 죽여줄 테니. 어차피 그럴 목적으로 우리들의 마스터가 되려고 하는 것 아닌겨? 물론 그쪽이 그럴 깜냥이 안 돼 보이긴 하지만…….

"반은 맞고, 반은 틀렸다."

"음?"

칼라반의 답에 중년인이 눈에 이채를 띠었다. 그의 대답이 문득 중년인의 호기심을 자극했다.

칼라반이 입가에 호선을 그렸다.

"지금 이 상황에 웃음이 나온다? 이것 봐라…….

"내가 죽이고 싶은 인물을 말하면, 죽일 자신은 있나?"

"이제 말이 통하는구만. 물론 원한다면 그래주겠네. 우리가 죽이지 못할 인물은 없으니까."

"재밌군. 그렇다면 말해주겠다. 내가 죽이고 싶은 인물은……."

칼라반은 잠시 말을 멈추고 중년인과 주변으로 모인 어나니머스 어쌔신들을 둘러보았다.

그들 모두 칼라반의 입만 바라보고 있었다. 은근한 호기심을 느끼고 있었던 것이다.

"아크로이어 황제다."

칼라반이 담담한 어조로 말했다.

그가 너무도 아무렇지 않게 말하는 통에 중년인은 물론 모두가 기가 차다는 얼굴을 하고 있었다.

중년인이 처음으로 미간을 찌푸렸다.

어지간해선 감정의 동요를 보이지 않는 그가 이런 표정까지 지을 정도면, 그만큼 칼라반의 말에 어이가 없음을 느끼고 있다는 방증이었다.

"너… 지금 여기가 그딴 재미도 없는 농담을 지껄일 만한 장소로 보이나?"

후우웅—!

슈와아!!

중년인을 포함한 이곳에 있는 모두가 살기를 드러내었다. 칼라반이 자신들을 우롱하고 있다 생각한 것이다.

그러나 칼라반은 눈썹하나 까딱이지 않았다. 오히려 그 또한 내기를 끌어올리며 기세를 발산했다.

"지금 내가 농담이나 하는 것처럼 보이나보군."

중년인은 눈을 게슴츠레 뜨며 칼라반을 살폈다.

그의 표정을 보아하니 정말 농담으로 말한 것 같진 않아보였다.

그 말은 결국 진심으로 아크로이어 황제를 죽이고 싶다는 얘기였다.

그러나 상대는 일국의 황제. 아무리 암살에 자신 있는 어나니머스라도 시도 할 수 있는 일이 아니었다.

아니, 시도해선 안 되는 일이기도 했다.

암살에 성공하든 못하든 결국 제국의 마수가 어나니머스에게까지 뻗어올 것은 자명한 일이었으니 말이다.

이는 그동안 중년인과 어나니머스가 고수해 온 길이 아니었다.

"미친놈."

결국 중년인의 입에서 나온 말은 욕이었다.

그러나 아무리 봐도 눈앞의 사내는 진심으로 아크로이어 황제를 죽이고 싶어 하는 눈치였다.

"내가 노리는 것은 아크로이어 황제와 그를 따르는 무리들이다. 그들을 죽이기 위해 그대들의 힘이 필요하다."

"너… 제정신하는 말이여? 그 말이 제국을 적으로 돌리겠다는 말이랑 뭐가 달라."

"설사 그렇게 된다 해도 나는 아크로이어 황제를 죽인다."

"허……."

칼라반의 말에 중년인은 말문이 막히고 말았다.

그렇다고 자신의 아들인 한니발처럼 무작정 치기어린 마음으로 말하는 것 같진 않아보였다.

'결국 그럴 만한 사연이 있다는 얘기인데…….'

그러나 세상에 사연 없는 사람이 어디에 있겠는가.

설사 어떤 사연이 있다 한들 무모하게 제국의 황제에게 검을 겨누는 사람은 없을 것이다.

"미치겠군… 너는 어쩌자고 이런 자를 데려온 겨?"

중년인은 괜히 한니발을 나무랐다.

그러나 이미 어나니머스 내에도 걷잡을 수 없는 소란이 일고 있었다.

"모두 조용!"

중년인의 외침에 수군거리는 소리가 삽시간에 사라졌다.

다시 적막이 감도는 가운데 중년인은 두 눈을 감고 생각에 잠겼다.

"그런데 반은 틀리다는 말은 뭐가 틀리다는 거여?"

"나는 충분히 너희들의 마스터가 될 깜냥이 된다."

"하!? 그려…! 자신감 넘치는 태도는 보기 좋구먼. 근데 그러다 죽은 놈들이 한둘은 아녀."

"나는 그 속에 들지 않을 거니 걱정마라."

"그건 두고 봐야 알겠지. 자아… 그럼 우리는 이제 투표를 좀 해볼까."

중년인은 이곳으로 모인 어쌔신들을 돌아보았다.

여기 있는 이들은 대부분 어나니머스에서도 높은 등급에 속하는 어쌔신들이었다.

그러니 이들의 의견이 곧 어나니머스의 의견이라 해도 좋았다.

"여기 있는 이 사내는 우리들에게 분명히 뜻을 전했네. 우리들의 마스터가 되고 싶다고 말이여. 그리고 우리들의 마스터가 되기 위해선 어나니머스 탑의 시험을 치러야 하네. 스스로 무대의 주인공이 되고 싶어 하는데. 그대들의 생각은 어떤가?"

"그럴만한 자격이 되는 자요?"

"시험을 치르는데 따로 자격이 필요했던 적은 없네만… 내가 잘못 알고 있는겨?"

"뭐… 그건 그렇죠. 어차피 상관없습니다. 저 자는 단 하루도 버텨내지 못할 테니까요."

"우리 어나니머스가 오랫동안 활동을 안 하긴 안 한

모양이야. 저런 애송이가 이곳까지 와서 설쳐대는 것을 보면."

"큭큭, 그동안 우리가 많이 쉬긴 했지."

"하아… 귀찮으니까 내가 단번에 죽여주도록 하지."

"웃기지마라. 간만의 무대인데 내가 가장 화려하게 죽여주도록 하겠다."

아무것도 보이지 않는 공간에서 여러 목소리가 오갔다.

어쌔신들은 철저히 모습을 감춘 채 대화에 열중했다.

어쨌거나 그들 대부분은 칼라반이 마스터 시험을 치르는데 동의하는 듯 했다.

"어차피 그대가 통과하지 못할 것 같으니… 모두가 동의하는군."

"그런가."

"마치 남 일처럼 얘기하는구만? 그대도 알다시피 시험을 통과하지 못하면 그대로 죽는겨."

"상관없다."

"쩝… 그래 본인이 상관없다는데 뭐 어쩔 것이여. 그럼 이제부터 우리들의 시험 내용을 알려주겠네. 아주 간단혀. 이곳의 안쪽으로 들어가면 우리들이 무대라 부르는 탑이 하나 있을겨. 무대는 총 5관문으로 이루어져 있고, 그대는 최고층인 5관문까지 올라가면 되는

겨. 첫째도 둘째도 네가 해야 할 일은 단 하나 살아남는 것. 마지막 5관문을 올라서고부터 하루. 그 하루가 지났음에도 그대가 살아 숨 쉬고 있으면 그때 우리들의 마스터가 될 자격을 얻을 수 있는 거여."

"알겠다."

"모두 불만 없겠지!?"

중년인의 물음에 어나니머스 모두가 고개를 끄덕이는 것으로 답했다.

반면 중년인은 칼라반의 무덤덤한 반응에 미간을 찌푸렸다.

이쯤 되면 이렇다 할 반응이 있을 줄 알았건만 의외이긴 했다.

오히려 중년인의 얘기에 반응한 것은 레기온 쪽이었다. 시험 내용을 듣고 흠칫했던 그는 홀로 생각에 잠긴 얼굴이었다.

그러나 중년인은 레기온의 표정까지 신경 쓰진 않았다. 그는 눈앞에 있는 칼라반에게만 집중하고 있었다.

"생각보다 침착하구만… 보통 이런 말을 들으면 긴장하는 낯빛이 역력해지는데 말이여… 하여간 아주 특이한 놈이여, 아니면 독한 놈이거나. 삶을 포기한 눈인 것 같지는 않은데……."

중년인은 침잠하게 가라앉아 있지만 힘 있는 칼라반

의 두 눈동자를 바라보았다.

저런 두 눈은 삶을 포기한 자가 가질 수 없는 눈이었다.

그러니 결국 그는 무덤덤하면서도 차분하게 스스로에 대한 자신감을 내비치는 것이었다.

"한 가지 궁금한 것이 있다."

"궁금한 것? 뭔데 물어봐."

"어째서 세상을 등지고 살아가는 거지?"

칼라반의 물음에 중년인이 눈에 이채를 띠었다.

그가 이런 종류의 물음을 던질 것이라곤 예상치 못한 것이다.

"그걸 알고 싶은 이유가 뭐여?"

"문득 궁금해지더군. 어나니머스 정도의 집단이라면 어느 곳을 가던 그만한 대우를 받을 수 있는 세력인데, 이렇게 눈에 띄지 않는 곳에서 박혀 있는 이유가 무엇인지 말이야."

"글쎄… 어떻게 보면 우리는 딱히 환영받지 못하는 존재 아니겠나?"

"왜 그렇게 생각하지?"

"우리들과 자주 비교되는 나이트워커는 제국 황실을 위한 비도여. 하지만 우리는 다르제. 다른 놈들의 눈에 비치는 우리는 그저 암살을 예술로 생각하는 미치광이들 아니겠어?"

칼라반은 말없이 고개를 끄덕였다.

사실 어나니머스에 대해 알고 있는 이들은 대부분 그렇게 생각하고 있을 터였다.

어나니머스는 암살을 해주는 대가로 돈을 요구하는 이들도 아니었다.

이들은 자신들이 내키는 암살이 아니면 아무리 많은 돈을 준다 하더라도 행하지 않았다.

"그래, 뭐. 사실 맞는 말이여. 암살을 예술로 생각하는 미친놈들이라고 해도 할 말은 없지. 하지만 우리도 우리 나름대로의 신조가 있는겨. 물론 그게 남들 눈에는 목적 없이 기분 따라 움직이는 것으로 보일 수도 있겠지만. 우리가 그것까지 신경 쓸 일은 아니제."

"그렇군……."

"어쨌거나 그런 우리들을 가장 눈엣가시로 여길 자들이 누가 있겠어? 바로 제국 아녀? 나이트워커는 제국을 위해 움직이는 놈들이여. 하지만 우리들은 언제든 제국에 검을 겨눌 수 있는 놈들이니 제국은 당연히 우리들을 견제하겠지. 어디 그뿐일까. 다른 나라들은 또 어떻고? 만약 우리들까지 제국의 손에 넘어간다고 혀봐. 그럼 그들의 입장에선 제국이 나이트워커와 어나니머스의 힘까지 동시에 손에 넣게 되는 꼴이 되는데,

그들이 그런 꼴은 못 보지. 그러니 제국 말고 다른 나라의 것들은 우리들을 손에 넣거나 찾아 죽이려 안달이 날 테지."

"그러니 자연스럽게 사람들의 기억에서 잊히는 쪽을 택했다는 말인가?"

"나는 그게 우리 어나니머스를 지키는 길이라 생각혔네. 우리는 암살을 하는 어쎄신들이여. 어느 누구도 우리에게 선뜻 믿음을 줄 수 없지. 반대로 우리 또한 다른 놈들을 신뢰할 수 없고. 놈들이 우리를 도구처럼 이용해먹다 버리지 않을 것이라 확신할 순 없으니 말이여."

"그래서 차라리 아무 곳에서 서지 않는 방법을 택했다라… 그렇군. 하지만 만약 내가 그대들의 마스터가 되면 나 또한 그러지 않을 거라 자신할 수 없지 않나?"

"껄껄! 만약 네가 우리들의 시험에 무사히 통과해 어나니머스 무대의 주인이 되었다면, 우리 어나니머스는 마스터인 그대의 말에 무슨 일이 있어도 복종할 거여. 그게 우리들이 태어나면서부터 교육 받아온 내용이니까. 하지만 그럴 일은 없을 테니 걱정 말어. 우리는 무슨 수를 쓰든 전력을 다해 네놈을 죽일 생각이니께. 그러니 너도 무슨 수를 쓰던 살아남는 것만 생각혀."

시험의 시작

　중년인의 말은 다른 어느 때보다 살기가 묻어났다.

　그만큼 자신이 있다는 얘기였고 또 그만큼 칼라반을 죽이기 위해 필사의 노력을 다할 거란 얘기였다.

　이는 다른 어쌔신들도 마찬가지인 듯 여기저기 들끓는 살기에 온 피부가 저릿하게 느껴질 정도였다.

　그러나 이런 정도에 움츠러들거나 할 칼라반이 아니었다.

　그는 어나니머스 어쌔신들과 당당히 마주했다.

　"시험은 언제부터 시작이지?"

　"일주일 뒤. 괜찮겠나?"

"아니, 당장 내일부터 시작하겠다. 가능한가?"

"호오…? 이곳꺼정 오는데 힘들었을 텐데. 좀 휴식을 취하다 시작하지 그려? 굳이 죽을 날을 앞당길 필요는 없지 않나?"

중년인이 미간을 찌푸리며 묻자 칼라반이 살며시 고개를 저었다.

"그대들의 주인이 될 날을 앞당기려는 거다."

"이것 참 기대되는군 그려. 알겠네. 굳이 말리진 않을 겨. 편한 대로 하시게."

"그러고 보니 이름조차 모르는군. 이름이 뭐지?"

"보이지 않는 곳에서 살아가는 어쌔신에게 이름이 중요하겠냐마는… 그래도 물어봤으니 알려주겠네. 내 이름은 오만이여."

"오만이라… 기억해두지."

"기억하는 것도 살아남아야 가능한겨."

오만이 돌아서기 전 다시 한 번 칼라반을 바라보았다.

그의 손가락 끝은 칼라반이 아닌 레기온을 향하고 있었다.

"미리 말해두겠지만, 네가 죽는 순간 그 옆에 있는 친구도 함께 죽는 것이여. 어나니머스의 무대 뒤편을 본 이상 선택은 단 두 가지. 죽거나 이곳에서 살아가느냐니까 말이여."

"명심하도록 하지."

"껄껄! 그럼 재주껏 살아남아보더라고."

오만은 이제 미련 없이 돌아섰다.

그가 떠나가고 남아 있는 어쌔신들은 한동안 칼라반과 레기온을 주시했다.

"우릴 너무 만만하게 보고 있네."

"어떻게 죽여주지? 어떻게 죽여야 만족스러울까?"

"크흐흐… 어차피 저 자는 1관문도 통과하지 못할 거다."

"시작부터 울며불며 다시 꺼내달라 비는 건 아닌가 모르겠네."

"제발 1관문 정도는 통과해줬으면 좋겠는데… 그래도 오래간만인데 우리도 유흥은 맛봐야지."

"어차피 우리들 무대에서 살아남는다는 것은 불가능한 일이다."

어쌔신들의 수군거리는 소리가 쉴 새 없이 들려왔다.

이제는 돌이킬 수 없이 이미 저질러버렸다는 생각에 한니발의 얼굴도 긴장이 가득했다.

어나니머스의 실력이라면 다른 누구보다 잘 알고 있는 한니발이었기에 더욱 굳은 얼굴이었는지도 몰랐다.

특히나 이번처럼 어나니머스가 오랫동안 만들어온 무대라면 차원이 다른 얘기였다.

어느새 그의 곁으로 다가온 오만이 한니발을 향해 물었다.

"아들내미. 너는 어디 입장에 설 생각이여?"

"저야 당연히……."

한니발의 시선이 칼라반에게로 향했다.

그의 시선을 읽은 오만이 그럼 그렇지 하며 고개를 끄덕였다.

"그려, 네가 편한대로 해야지."

그리곤 뒷짐을 지며 물었다.

"어떠냐. 네가 생각하기에 괜찮은 자로 보이더냐?"

"공민님 말씀이십니까?"

"이름이 공민이여?"

"그렇습니다."

"근데 뭣 허는 놈이여?"

"아버지께서도 들어보셨을 겁니다. 제국 심연에 존재하는 라그나로크에 대해서요."

"라그나로크라면… 제국에 반하는 자들 아녀? 거기에 속한 자더냐?"

"예. 그곳의 블레이드가 되실 분입니다."

"호오… 블레이드라… 그 말은 제국을 겨눌 칼이 되겠다는 말인데……."

오만은 손으로 턱을 매만지며 고민에 잠겼다.

그렇지 않아도 아크로이어 황제를 죽이겠다는 말을 들었을 때부터 정체가 심상치 않을 것이라 예상하긴 했었다.

그런데 막상 상대가 라그나로크에 속해 있는 자라는 얘기를 들으니 더더욱 생각이 많아지는 순간이었다.

그는 내심 쓸쓸해지는 마음을 감추지 못했다.

"네가 말하는 새로운 바람이… 우리 어나니머스가 결국 제국을 겨눌 비도가 되는 것이더냐?"

"꼭 그런 것은 아닙니다."

"그런 것이 아니다?"

"예. 그러나 제가 말로 설명하는 것보다 아버지께서 공민님을 직접 경험해보시는 것이 더 나을 겁니다. 제가 공민님에게서 본 것을 아버지께서도 함께 보실 수 있을지 모르니까요."

"흐음… 그려. 백 번 듣는 것보다야 한 번 보는 것이 낫겠지. 어디 한 번 내 아들내미의 눈썰미 좀 봐야겠네."

"얼마든지요. 주군이시라면 분명 모든 관문을 통과해내실 겁니다."

"껄껄! 그거 재밌는 얘기로구만. 지금까지 시험을 치렀던 사람들 중 저 사내보다 강한 자가 없었을 것 같으냐?"

"있었겠죠."

"그렇지. 근데도 그렇게 생각 하는 겨?"

오만이 눈매를 좁혔다.

그의 물음에도 한니발은 거침없이 고개를 끄덕였다.

그만큼 자신감을 드러내는 것이었다.

"물론입니다. 아버지께서도 잘 아시지 않습니까? 단순히 강하다고 해서 어나니머스 무대의 주인공이 될 순 없다는 것."

"그건 그렇제. 하지만 너는 모른다. 그곳의 진정한 무서움을 말이여. 물론 모르는 것은 저 치도 마찬가지고……."

"아버지께서도 아직 저 분이 어떤 사람인지 모르시지 않습니까? 그러니 결과는 모르는 겁니다."

"그려, 그려. 그런데… 아직도 이 아비를 원망하고 있느냐?"

"……."

한니발은 오만의 물음에 아무런 대답을 하지 못했다.

그는 이내 오만의 시선을 피했다.

"네 마음은 이해혀. 그렇지만… 기회가 왔다고 해서 무작정 달려들기만 해선 안 되는 겨."

"아뇨… 아버지와 다른 분들의 말씀은 이해합니다. 하지만 그럼에도 저는 그때 함께 나섰어야 했다는 생각이 지워지질 않아요. 세상에 좀 더 적극적으로 모습을 드러내고 우리 어나니머스의 힘을 알렸더라면… 이런 땅에서 농사나 지으며 살아가진 않았을 테죠. 저희보다 못한 놈들조차 시시껄렁한 암살 의뢰를 받아가며 떵떵거리며 살아가고 있는데…! 그런데 어째서 그들보다 더욱 강력한 힘을 지닌 우리가 이렇게 지내야 합니까!?"

"그렇구먼……."

"죄송합니다, 아버지… 제가 아직 어려서 그런지 모르겠지만, 아버지와 다른 삼촌들의 결정이 이해가 되면서도 한편으로는 이해가 되질 않습니다."

"네가 죄송할 필요가 뭐 있더냐. 오히려 우리들이 미안해야지. 아들내미 너뿐만이 아녀. 이곳에 살아가고 있는 젊은 어째신들은 다 비슷한 생각들을 하고 있을겨. 다만 우리들의 뜻이 워낙 강경해 따를 뿐… 이것은 잘못된 일이 아니여. 그러니 그런 생각할 것 없어."

"…감사합니다, 아버지."

"재밌겠구먼. 이번 시험은……."

오만은 오묘한 표정을 지으며 칼라반을 바라보았다. 그러다 이내 그는 이만 발걸음을 돌렸다.

칼라반이 어나니머스의 마스터 시험을 치르는 것으로 결정 나자, 이곳으로 모인 어째신들도 하나둘 자리를 벗어나기 시작했다.

한니발은 아버지인 오만과 함께 가지 않고 칼라반의 곁에 남았다.

그는 칼라반이 조금이라도 더 많은 휴식을 취할 수 있도록 자신이 머물던 집으로 안내했다.

"어머니!"

오만과 다르게 세월을 빗겨간 모습의 여인이 미소를 지으며 한니발을 반겨주었다.

화려하진 않지만 깔끔하고 정갈한 차림을 하고 있는 여인이었다.

한니발은 성큼 다가가 그녀를 안아주었다.

"너무 오랜만에 들린 것 아니니?"

"죄송해요. 그런데 여기는 어쩐 일로……."

"네 아버지가 이곳의 정리를 부탁했단다. 그래도 오랜만에 아들이 돌아왔는데 먼지 쌓인 집에서 재울 순 없다면서."

"아아……."

"너랑 그렇게 말다툼하긴 했어도 아버지는 계속해서 네가 언제 돌아오나 기다리고 계셨어. 혹시나 네가 돌아오진 않았을까 하루에도 몇 번씩 네가 머물던 이곳으로 발걸음을 옮기셨단다."

"심려 끼쳐 드려서 죄송합니다, 어머니."

"아니야. 나는 네가 이렇게 몸 성히 돌아온 것만으로도 기쁘단다."

한니발의 손등을 쓰다듬던 여인이 칼라반과 레기온에게로 시선을 돌렸다.

그녀는 두 사람에게 가볍게 인사를 했다.

"두 분이 소문의 손님들이신가 보군요. 처음 뵙겠어요. 저는 아르사라고 합니다."

"공민입니다."

"부족한 제 아들이 두 분께 피해를 끼치고 있는 것은 아닐지 모르겠습니다만… 모쪼록 제 아들을 잘 부탁드리겠습니다."

그녀가 고개 숙여 인사하자 칼라반과 레기온도 덩달아 고개 숙여 인사했다.

아르사는 처소에 대한 간단한 설명만 남기고 금방 자리를 피해주었다.

그녀가 깔끔히 정리해준 덕에 칼라반과 레기온도 편안한 휴식을 취할 수 있었다.

"공민님."

한니발의 부름에 칼라반이 그를 돌아보았다.

"어나니머스의 마스터 시험은 공민님께서 생각하시는 것보다 훨씬 혹독할 겁니다. 물론 저는 공민님께서 무사히 시험을 통과해내실거라 굳게 믿고 있습니다."

"고맙다."

"그렇지만 걱정되는 마음을 감출 수 없어 말씀드립니다. 어나니머스의 마스터 시험이 치러지는 무대는… 그러니까 그 탑은 다른 경우와 차원이 다릅니다. 보통 바깥에서 무대를 꾸미는 것과 다르게 그곳은 어나니머스의 어쌔신들이 오랫동안 길들여온 무대입니다. 그들에게 익숙한 장소인만큼 어디서 어떤 위험이 도사릴지 모릅니다."

"호랑이굴에 들어가도 정신만 차리면 된다는 말이 있다."

"예…? 그게 무슨…….."

"나 자신을 믿는다는 얘기다."

"하지만 만에 하나—"

"걱정마라 한니발. 나는 내 모든 것을 다해 시험에 통과할 것이다. 그럴 만큼 어나니머스의 힘은 매력적이니까. 설사 내가 이곳에서 죽는다 해도 어쩔 수 없는 일이다. 나는 겨우 그런 수준에 불과하다는 얘기니까. 어나니머스조차 굴복시키지 못한다면, 제국의 황제인 그 녀석에겐 나의 손길조차 미치지 못할 거다. 그러니 나는 이번 일에 사활을 걸고 나선 것이다."

"…알겠습니다. 저는 주군을 믿습니다!"

"저도 주군을 믿습니다. 게다가… 이제야 생각났습니

다. 다른 사람이면 몰라도 주군께 암살은 불가능하다는 것을 말이죠. 물론 어나니머스를 다른 어쌔신들과 비교할 순 없지만 그래도 해볼 만한 기회라 생각되는군요."

레기온의 말에 이번엔 한니발이 고개를 갸웃거렸다. 그의 말이 선뜻 이해되질 않았던 것이다.

그러면서도 은근히 불쾌한 기색이 드러났다. 그 또한 어나니머스로서의 자부심이 있었던 까닭이다.

"레기온님 암살이 불가능하다니… 세상에 그런 사람은 없습니다."

"글쎄… 과연 그럴까."

레기온은 혼자 의미모를 미소를 짓고 있었다. 아마 칼라반이 믿는 구석도 거기에 있지 않을까 싶었다.

하지만 그렇다고 해서 그것이 모든 것을 해결해주진 않을 터였다.

"그래도 조심하셔야 합니다. 독이나 다른 종류의 것들에는 취약하시질 않습니까. 그들이 어떻게 나올지 모르니……."

"문제없을 거다."

칼라반이 안심하라는 듯 고개를 끄덕여보였다.

함께 있으면서도 두 사람이 어떤 대화를 나누는 것인지 파악조차 못하고 있는 한니발은 눈알만 이리저리 굴리고 있을 뿐이었다.

"제게도 설명을 좀 해주시면 안 되겠습니까? 무슨 말씀이신지 궁금합니다."

"말해주마. 하지만 지금은 아니다. 차후 어나니머스가 나의 그림자가 되었을 때, 그때 얘기해주겠다."

"아……."

대화는 이것으로 끝이었다.

칼라반은 홀로 명상에 잠겼고 다른 두 사람은 그에게 방해가 되지 않도록 조용히 잠을 청했다.

그렇게 하루가 지났다.

거대한 철문 앞에서 칼라반은 차분히 호흡을 가다듬었다.

생각했던 것보다 훨씬 거대한 탑이 그의 눈앞에 태산처럼 버티고 서 있었다.

그의 곁으로 오만이 다가섰다.

"보아하니 밤잠을 설친 것 같은데… 어째, 자신 있는 겨?"

"자신 없다."

"음……?"

"시험을 통과해내지 못할 자신이 없다는 얘기다."

칼라반은 거침없이 거대한 철문 안으로 발을 들였다.

그런 칼라반의 뒷모습을 보며 오만은 그만 헛웃음을
짓고 말았다.

"어나니머스의 시험을 눈앞에 두고 저런 여유를 부리
는 겨…? 껄껄! 재밌는 친구구만."

어나니머스의 무대

쿠르릉—!!

콰앙!!

칼라반이 안으로 들어서자마자 활짝 열려 있던 철문이 육중한 소리와 함께 닫혔다. 시험에 관한 전반적인 얘기는 미리 전해 들어 충분히 숙지하고 있었다.

"시작이로군."

애써 침착하려 했지만 쿵쾅거리는 심장은 좀처럼 진정되지 않는 기분이었다. 그는 한 차례 호흡을 가다듬었다.

몬스터들을 사냥하며 성장하던 때와는 달랐다.

이곳은 어나니머스가 만들어놓은 무대.

어나니머스가 누구인가.

한때 제국 황실이 극비리에 키운 나이트워커와 함께 최강의 암살 집단으로 손꼽히는 곳이었다.

그런 어나니머스의 힘을 얻기 위해서라면 이런 위험쯤은 충분히 감수할 수 있었다.

더군다나 지금 칼라반이 느끼고 있는 감정은 공포나 두려움 따위가 아니었다. 그는 오히려 자신이 기대와 흥분에 가득 차 있다는 것을 알 수 있었다.

"나도 제정신은 아닌가보군."

칼라반은 저도 모르게 실소를 지어보였다. 근래 확실히 이전과는 달라진 자신을 느낄 때가 많았다.

"무공을 배웠기 때문인가, 아니면 오로라 시스템과 함께하고 있기 때문일까. 그것도 아니라면 이미 한 번의 죽음을 겪어봤기 때문일까."

그는 손아귀를 쥐었다 펴며 입꼬리를 말아 올렸다.

아무렴 어떠랴. 이렇게 바뀐 것 또한 결국 자신의 모습이었다.

"계속해서 나아가면 그뿐이다."

가볍게 생각을 정리한 칼라반은 커다란 석문 앞에 섰다. 주변을 둘러보았으나 석문 이외에 별다른 것이 보이진 않았다. 그는 혹시 모를 상황에 대비해 조심스레

석문을 밀어보았다. 예상과는 다르게 석문은 조용히
열렸다.

"뻔한 것은 안한다는 건가?"

함정이라도 있을 줄 알았건만 석문은 순순히 밀려났
다. 그리고 석문 너머에 드러난 광경은 양쪽 벽면이 막
힌 길이었다. 그는 천천히 문 안으로 들어섰다.

덜컥!

순간 오른쪽 발을 디딘 부분이 둔탁한 소리와 함께 밑
으로 꺼졌다.

슈웅! 후우웅!!

그와 동시에 날아든 암기가 칼라반의 목을 노렸다.

칼라반은 재빨리 몸을 비틀어 날아드는 단검들을 피
해내었다.

철컥!

그가 상체를 비틀자마자 땅에서 한 자루의 창이 솟아
올랐다.

"헙!"

날카롭게 벼려진 창날이 칼라반의 머리칼을 스쳤다.
잘려진 몇 가닥의 머리칼이 허공을 날았다.

순간적인 위험에 칼라반도 마른침을 삼켰다.

그가 다시 한 발자국 내밀었다. 이번엔 아무 일도 벌어
지지 않았다. 다시 몇 걸음. 그러나 주위는 고요했다.

그가 안심하고 벽에 손을 짚자 이번에도 무언가 눌리는 소리가 들렸다.

슈슝―! 슝!!

어김없이 날아든 암기가 칼라반을 노렸다.

그나마 이번엔 어느 정도 대비를 하고 있었기에 어렵지 않게 피해낼 수 있었다.

"이런 거였군……."

무협지에서 읽었던 것으로 떠올리면 이곳에 있는 것들은 기관진식. 즉, 이 길 곳곳에 자신을 죽일 수 있는 함정들이 도사리고 있다는 얘기였다.

설상가상으로 이제 눈앞엔 갈림길까지 보였다.

"설마 이곳은 미로인건가……?"

당장 예상할 수 있는 것은 그것 밖에 없었다.

만약 이곳이 미로로 되어 있는데다 곳곳에 이런 살상용 함정들까지 설치되어 있는 것이라면 상당히 고약한 일이었다.

"미로 때문에 길을 헤매는 것으로도 모자라 이런 함정들까지 계속해서 마주하게 된다면… 정신적으로나 육체적으로나 힘든 일이겠어. 그렇지만……."

칼라반이 슬쩍 손을 들어올렸다. 그러자 그의 발밑에 드리운 어둠 속에서 눈동자들이 드러났다.

[최하급 어둠의 정령 둠(까망이)이 소환되었습니다.]
[최하급 어둠의 정령 둠(까망이)이 소환되었습니다.]
…….

그의 부름에 응한 까망이들이 칼라반의 발밑으로 모여들었다. 어떤 녀석은 어느새 칼라반의 어깨에 올라타 아양을 부리고 있었다.

"상대를 잘못 골랐군. 까망이들아 이번에도 부탁한다."

—끼루!!

—끼룩!

칼라반의 말이 끝나기가 무섭게 까망이들이 어둠속으로 스며들기 시작했다. 녀석들은 주변에 번져있는 어둠을 타고 빠르게 사방으로 뻗어나갔다.

"까망이들이 돌아올 때까지 수라윤회심공을 운기하고 있어볼까."

칼라반은 그 자리에서 가부좌를 틀었다.

어차피 이곳에서 자신이 움직이지 않으면 함정들도 발동하진 않을 터였다. 그는 곧바로 운기행공에 들어갔다.

[명상 상태에 접어듭니다.]

[스킬 수라윤회심공이 활성화되었습니다.]
[마령환의 흡수율이 빨라집니다.]
[내공의 증진이 이루어집니다.]

까망이들을 기다리는 이 잠깐의 시간조차 허투루 보내기엔 아까웠다. 생사가 달린 일이니만큼 조금이라도 더 나은 상태에서 시험을 치러내고 싶었다. 이곳 1관문 외에 또 어떤 위험이 기다리고 있을지 모르니 만반의 준비를 갖춰놓아야 했다.

한편 멀리서 이런 칼라반을 지켜보고 있던 인영이 빠르게 자리를 벗어났다. 그는 그대로 바깥의 오만과 다른 이들에게 이 같은 상황을 전해주었다.

"뭐여? 미로에 들어갈 생각은 않고 가만히 앉아서 생각이나 하고 있다고?"

"예. 입구에 설치된 함정들을 맛본 뒤론… 앉아서 두 눈을 감고 생각만 하고 있습니다."

"허어? 이것 참 종잡을 수 없는 사내로구면… 하긴, 뭐 시간이 정해진 것은 아니니 상관은 없지만은… 시간이 길어지면 불리한 것은 오히려 본인일 텐데."

상황을 전해들은 오만이 머리를 긁적였다.

그 뿐만이 아니었다. 다른 어쌔신들도 그 말을 듣고

어리둥절해 하고 있었다.

"겁을 집어먹기라도 한 건가?"

"멍청하긴. 겁을 집어먹었으면 그곳에서 꺼내달라고 소리라도 쳤겠지. 그냥 1관문의 파훼법을 생각하고 있는 것 같은데."

"가만히 앉아서? 그런다고 뭐가 달라지겠나. 미로에 대해 아는 것도 아니고……."

"일단은 우리가 지켜볼 수 있는 곳도 1관문까지니 어떻게 하는지 알아보자고."

"어차피 시험은 돌이킬 수 없다. 이제와 후회해봤자 늦었지."

몇몇 어쎄신들의 수군거리는 소리가 들려왔다.

반면 칼라반이 보인 행동의 의미를 어느 정도 알고 있는 레기온과 한니발은 그다지 당황하지 않는 눈치였다.

이를 이상하게 여긴 오만이 눈매를 좁혔다. 그러나 이후의 상황은 지켜보면 될 일이었다.

그렇게 한참의 시간이 지났다.

별다른 보고 없이 흘러가는 시간동안 무거운 침묵이 흘렀다. 그러다 일각에선 곧 칼라반이 포기할 것이란 얘기가 나오기 시작했다. 괜히 복잡하게 이루어진 미로에 발을 디디며 함정들을 마주하는 것보다 결국 파훼

법을 찾지 못해 스스로 나올 것이란 얘기였다.

그러나 대부분 동의하지 않는 눈치였다.

칼라반이 안으로 들어서기 전 그만한 자신감을 보였던 만큼 뭐라도 해볼 것이란 의견이 더 분분했다.

그리고 마침내 초입 부분에 있던 어쌔신 한 명이 다시 빠르게 이곳으로 다가왔다.

"오… 이제 결과를 알 수 있겠구먼."

바위에 걸터앉아 있던 오만도 몸을 일으켰다.

조용히 자리를 지키고 있던 레기온과 오만도 어쌔신에게 시선을 돌렸다.

이곳으로 급하게 날아온 어쌔신은 상급 어쌔신으로 어나니머스에서도 제법 실력 있는 사내였다. 그는 단숨에 오만의 앞까지 다가와 거친 숨을 내쉬었다.

"그 사내는 무얼 하고 있던가?"

"마침내 움직였습니다."

"움직였다? 앞으로 간 것이여. 아니면 끝내 돌아선 것이여?"

"앞으로 향했습니다."

"호오… 그래도 배포는 있는 친구였나. 생각을 마친 모양이로군? 그런데 너는 표정이 왜 그런 것이여?"

오만이 인상을 찌푸리며 물었다.

눈앞에 있는 어쌔신은 마치 귀신이라도 보고 온 것처

럼 동그란 눈을 하고 있었다.

"그…그게…….."

상급 어쎄신은 당황한 마음을 감추지 못하고 있었다.

그도 그럴 것이 다시 생각해봐도 선뜻 이해하기 어려운 상황이 펼쳐졌었기 때문이다.

"뭔데 그러는 겨? 뜸들이지 말고 말을 혀."

"지금 그 자가 미친놈처럼 미로를 휘젓고 있습니다."

"으음…? 뭐…뭔 놈처럼?"

오만이 자신의 귀를 의심했으나 사내는 자신의 말을 번복할 생각이 없어보였다. 사실 아무리 생각해도 번뜩 떠오르는 단어는 그것밖엔 없었다.

두 눈을 감고 오랫동안 기묘한 자세로 앉아 움직이지 않고 있던 그가 움직이기 시작한 것은 바로 한 시간쯤 전이었다. 반나절 가까이 생각에 잠겨 있었던 그는 거침없이 발걸음을 내딛었다. 아니, 사실 발걸음을 내딛는 정도가 아니었다. 분명 미로 안에 수많은 함정이 설치되어 있는 것도 알고 있을 텐데 그 자는 빠르게 몸을 날려 이동 중이었다. 그의 대략적인 설명을 들은 모두가 할 말을 잃고 말았다.

과감하다면 과감하다 말할 수 있었지만 그들에겐 그저 미련한 행동으로 보일 뿐이었다. 반면 레기온은 역시 그가 알고 있는 칼라반 다운 행동이라며 고개를 끄덕이고 있었다.

"이거 진짜 미친놈을 들인 것 아녀…? 수많은 함정들이 도사리고 있는 걸 뻔히 알고 있을 텐데도 빠르게 몸을 날리고 있다는 말이여? 거기다 그곳이 미로인 것은 그 자도 잘 알고 있을 것 아녀. 이거야 원… 그래서 그 자가 어디까지 간 거여?"

"그게… 벌써 사분의 일을 넘어섰다고…….

"뭐여!?"

사내의 말에 이번엔 오만마저도 놀라고 말았다. 그가 이렇게 언성을 높이긴 처음이었다.

첫 번째 관문은 자신도 도전해 본적이 있었기에 그곳이 얼마나 어려운 곳인지 잘 알고 있었다.

설사 길을 외우고 들어간다 하더라도 그곳은 곳곳에 설치된 함정들 때문에 몇 번씩이나 죽을 고비를 넘겨야만 하는 곳이었다.

게다가 지금껏 가장 뛰어난 성적을 보인 이도 그곳을 그렇게 빠르게 주파하진 못했었다.

"미쳤구만… 다른 의미로 미친겨…….

오만이 혀를 차며 고개를 가로저었다.

그때 그의 뒤편에 서 있던 젊은 어쌔신 한 명이 앞으로 나섰다. 그는 신흥 세력을 이끌어가고 있는 상급 어쌔신 중 한 명이었다.

"대장님."

"뭐여?"

"혹시 미로에 대해 알고 있는 이가 미리 정보를 넘겨준 것은 아닐까요."

"말 같지도 않은 소리 말어라. 너는 그게 말이 된다고 생각하는겨?"

"하지만 아주 불가능한 일은 아니지 않습니까…? 그런 일이 있었다고 하면 저 자가 왜 이렇게 자신만만해했는지도 이해가 됩니다. 혹시 들어가자마자 두 눈을 감고 생각에 잠겼던 것도 사실은 미리 전해 들었던 내용들을 상기해내기 위한……."

"클클, 그려. 네 말대로 백번 양보해서 미로와 함정을 설치한 이들 중 누군가가 아주 따끈한 최근 정보를 넘겨주었다 치자. 그래서 저렇게 빠르게 1관문을 통과할 수 있다 해보자고. 저 엄청나게 큰 미로에 관한 방대한 정보들을 머릿속에 모두 박아둔 채로! 그런데 말이여, 그 다음 관문부터 그런 요행이 통할 수 있을 거라 생각하는가?"

"그건……."

"나도 운 좋게 2관문을 들여다본 사람이여. 그리고 그 경험자로서 말하는데 2관문부터는 차원이 달러."

어느 누구도 오만의 말에 반박하고 나설 수 없었다.

그의 말대로 운 좋게 1관문에 대해 알아왔다 하더라
도 2관문부터는 본인들조차 모르고 있었다. 오랫동안
어나니머스 마스터에 도전한 사람이 없기 때문도 있었
다.

"그리고 가장 중요한 것은……."

말끝을 흐린 오만이 한니발 쪽을 바라보았다. 그의 얼
굴엔 씁쓸함과 안타까움이 묻어 있었다.

"애초에 이 시험은 사람이 통과할 수 있는 것이 아니
여……."

"예? 그게 무슨 말씀이십니까, 아버지……!?"

한니발의 물음에도 오만은 차가운 태도로 몸을 돌렸
다.

돌아선 그의 눈빛은 차가운 암살자의 그것으로 변해
있었다. 그가 걸어 나가자 나머지 어쌔신들이 그의 뒤
를 따랐다. 그들이 움직이기 시작하자 당황한 한니발
이 곁에 있는 페브르를 붙잡았다.

"어디 가시는 겁니까!?"

"우리는 가장 위층으로 갈 거다."

"그곳은 왜……."

"시체가 되어 올라올 그 자의 시신을 거두기 위해서
다."

검사의 경지

   한편, 빠른 속도로 미로를 통과하고 있는 칼라반은 정신이 없을 지경이었다. 사방에서 날아드는 암기들은 엄청난 속도로 그를 위협했다. 암기들을 정신없이 피하고 있으면 갑자기 땅이 꺼져버리거나 벽이 밀려나는 등 다양한 함정이 동시에 발동되었다.

   휘이잉!! 카앙!!! 카가강!!

   칼라반은 날아오는 단검들을 검으로 쳐내면서도 발걸음은 멈추지 않았다.

   —끼루룩!

   —끼루끼루!

그의 앞에선 어둠에 몸을 맡긴 까망이들이 신나서 길을 안내해주고 있었다.

미로가 어찌나 넓은지 까망이들을 이용해 미리 길을 알아보는 것만도 생각보다 오랜 시간이 걸렸다.

그러나 까망이들은 끝내 미로의 탈출구를 찾아내었다.

그리고 그 까망이가 돌아오자마자 칼라반도 움직이기 시작했던 것이다.

이곳에 어찌나 많은 함정들이 숨어 있는 것인지 그가 지나가는 통로마다 곳곳에 준비된 함정들이 그의 목숨을 노렸다.

"나름대로 수련이 되는 느낌이군."

계속해서 함정들을 마주하다보니 칼라반은 어느새 이것도 수련의 일부라 여기고 있었다.

그는 주변의 모든 것에 예민하게 반응할 수 있도록 집중했다.

이미 심마안을 발동시킨 상태였고, 천리지청술과 새롭게 익힌 기감(氣感) 스킬까지도 활성화 시킨 상태였다.

그 덕분인지 암기가 여기저기서 날아듦에도 불구 빠르게 대처할 수 있었다.

물론 처음부터 이랬던 것은 아니었다.

미로 초입부분에선 갑자기 날아드는 암기들을 피하고 쳐내느라 진땀을 뺐었다.

그러나 시간이 갈수록 천리지청술 스킬의 숙련도가 높아지면서 암기가 발사되는 소리를 듣고 그 위치까지 어렴풋이 파악해낼 수 있는 경지에 이르렀다.

암기가 발사되는 곳이 어디인지만 알아내도 이곳으로 날아오는 각도 같은 것을 예측해 피해낼 수 있었다.

뿐만 아니라 기감 스킬 덕분인지 가끔씩 벽 너머나 발 아래로 텅 빈 공간이 있음을 느낄 때가 있었다.

그럴 때면 어김없이 벽이 움직이거나 바닥이 내려앉는 등 여러 함정들이 발동되었다.

마치 본능처럼 익혀지는 스킬들에 칼라반은 저도 모르게 감탄을 내뱉었다. 그렇게 차츰 스킬들의 숙련도가 높아지며 익숙해 지다보니 어느새 능숙한 대처들을 해내고 있었다.

타앙!!

"이번엔 오른편!"

그는 소리만 듣고도 본능적으로 몸을 비틀어 움직였다.

그러자 묵직한 소리와 함께 석궁 한 발이 그의 곁을 스쳐지나갔다.

덜커덩!!

"뒤쪽인가?"

빠르게 돌아서자 역시나 날카로운 송곳들로 도배된 철판이 이곳으로 날아오고 있었다.

이를 가까스로 피해낸 칼라반이 다시 몸을 돌렸다.

함정이 발동되면서 또다시 미로의 길이 변형되고 말았다.

그러나 변형된 길에 맞게 까망이들이 다시 방향을 알려주고 있었다.

그는 까망이들이 표시해주는 길로 발을 내딛었다.

난이도를 높이듯 점차 속도를 더해가다 보니 어느새 미로의 끝에 다다르게 되었다.

다음 층으로 올라갈 수 있는 계단이 보이자 칼라반은 입맛을 다셨다.

"훈련하기에 더없이 좋은 환경이었는데… 조금 아쉽군."

아마 다른 어쎄신들이 이 말을 들었더라면 어이가 없어 헛웃음을 지었을 것이 분명했다.

남들은 생사를 오가는 지옥 같은 미로 관문을 칼라반은 훈련장으로 여기고 있었으니.

게다가 그의 행색이 멀쩡한 것도 아니었다.

초반의 시행착오 때문에 여기저기 옷이 찢겨져나가고, 암기에 베인 상처들은 말라붙어 피딱지가 앉아 있는 상태였다.

　그는 옷매무새를 가다듬고 가부좌를 틀며 잠시나마 운기행공에 들어갔다.

　이곳에서 소진한 내공을 조금이나마 보충해두기 위함이었다.

　까망이들은 비장한 얼굴로 칼라반의 곁에 모여들었다.

　칼라반의 운기행공이 얼마나 중요한 것인지 알고 있었기 때문에 혹시 모를 상황에 대비해 그를 지키기 위함이었다.

　그러나 아무도 없는 이곳에서 별다른 위험에 노출될 일은 없었다. 짧게나마 운기행공을 마친 칼라반은 그대로 2관문을 향해 전진했다. 계단에 오르니 눈앞에 2관문으로 들어서는 철문이 보였다.

　그는 망설임 없이 철문을 열어 2관문 안으로 들어섰다.

　"음……."

　그의 눈앞에 드러난 것은 빛 한 점 없는 칠흑 같은 어둠이었다. 옅게나마 스며드는 빛조차 없어 말 그대로 사방이 칠흑이었다.

　"그렇군… 이게 2관문인가."

　다른 이가 이곳으로 들어섰다면 그야말로 공황(恐惶)

상태에 빠질 수밖에 없을 터였다. 아무것도 보이지 않는 어둠 속이라 한 치 앞조차 분간하기 어려웠다.

갑작스럽게 이런 상황을 맞이한다면 그 누구라도 평정심을 유지하기 힘들었을 것이다.

그러나 이곳에 있는 이는 다름 아닌 칼라반이었다. 그에게 어둠은 오히려 마음이 편안해지도록 만드는 존재였다. 제 집에 온 것 같은 느낌에 칼라반은 가볍게 호흡을 골랐다. 그는 천천히 내공을 운기해 두 눈에 집중했다. 그러자 거짓말처럼 조금씩 주변이 보이기 시작했다.

물론 완전히 보이는 것까진 아니었지만 사위(四圍)를 분간할 정도는 되었다.

"이 정도만 해도 충분하지."

그는 우선 주변에 손을 뻗어보았다. 혹시나 이곳도 미로처럼 통로로 된 것은 아닐까 싶었던 것이다. 그러나 딱히 그의 손에 짚이는 것은 없었다. 허공에 몇 차례 손을 휘젓던 칼라반은 이내 팔을 거두었다.

"넓은 공터 같은 느낌인데……."

―왕이시여 조심하셔야 할 것 같습니다.

―뭔가가 다가옵니다.

그때 어둠속에 있던 어둠의 정령들이 칼라반에게 경고를 보내왔다. 이에 칼라반은 빠르게 주위를 살폈다.

그러자 그의 시선에 들어오는 붉은 눈동자들이 있었
다.

"크르르르……."

"크르릉……."

낮게 울리는 울음소리에 칼라반이 한쪽 눈썹을 치켜
올렸다. 아주 익숙한 울음소리였기 때문이다.

[그로울링 던전에 입장하셨습니다.]

갑작스레 나타난 메시지에 칼라반은 자신의 두 눈을
의심하고 말았다.

"그로울링……?"

그가 당황하는 사이 피 냄새를 맡고 이곳으로 모여든
그로울링들이 붉은 눈동자로 그를 주시하기 시작했다.

녀석들은 어둠을 이용해 철저히 모습을 감추고 있었
다.

또록! 뚝!

그로울링의 울음소리와 함께 침방울이 바닥에 떨어지
는 소리까지 들려왔다.

칼라반은 천천히 허리춤의 검을 빼들었다.

—저희를 불러주십시오.

—저희가 돕겠습니다.

사방이 어둠으로 가득한 탓인지 어둠 정령들의 힘이 강해져 연신 그에게 말을 걸어왔다.

그러나 칼라반은 살며시 고개를 저었다.

"이것은 내 시험이다. 편하자고 너희들에게만 맡길 순 없어. 성장하기 위해선 나도 직접 부딪히며 경험해야 한다."

말은 그렇게 했지만 사실 다른 이유도 있었다.

이곳이 던전인 이상 그로울링들을 죽이면 그만큼 경험치가 오르기도 할 터였다.

과거의 경험으로 비추어보면 어둠의 정령들이 몬스터를 죽일 때 안타깝게도 평소보다 훨씬 적은 경험치가 들어왔다.

이곳에 있는 그로울링들이 얼마나 많은 경험치를 줄진 모르겠지만, 최대한 자신이 녀석들을 죽여야 경험치를 온전히 획득할 수 있을 터였다.

어쨌든 기분은 좋았다.

"비밀 던전을 발견한 기분이 이런 건가?"

굳이 따지자면 그런 격이었지만 어쨌건 지금은 그게 중요한 것이 아니었다.

어느새 칼라반의 입가에 미소가 번지고 있었다.

"어나니머스를 취하러 왔다가 나 또한 많은 성장을 이루겠어… 이건 정말 뜻하지 않은 행운이로군."

더는 기다려주지 않겠다는 듯 그로울링들이 움직이기 시작했다.

먹이를 노리는 녀석들의 움직임은 훨씬 기민하고 날렵했다.

"크룽!!"

"어디 한 번 덤벼봐라."

날카로운 송곳니를 드러낸 그로울링이 잽싸게 칼라반의 상단을 노리고 들었다. 그러나 날카로운 검날이 녀석의 목을 사정없이 베어버렸다.

[경험치를 획득했습니다.]

"일단 한 놈."

이곳의 특수한 환경 탓에 상대하기 까다롭긴 했지만 다행이 강한 몬스터들은 아닌 모양이었다.

그는 목이 잘려나간 그로울링 시체를 내려다보았다.

"늑대……?"

그로울링은 영락없는 늑대의 모습을 하고 있었다. 다만 그가 아는 늑대들보단 조금 더 큰 덩치를 갖고 있었고 날카로운 송곳니도 오크들만큼이나 두드러져 있었다.

"크르릉—!!"

"컹!!"

동료의 죽음을 목격한 그로울링이 더욱 흉포한 울음을 토해내며 그에게 달려들기 시작했다.

칼라반은 내공을 끌어올리며 검을 다시 한 번 꽉 쥐었다.

그러자 그의 검에서 새하얀 검기가 피어올랐다.

"연환칠검!"

[스킬 연환칠검을 발동합니다.]

칼라반이 만들어낸 검기가 일곱 번의 환(環)을 그리며 움직였다.

그러자 그를 덮쳐오던 그로울링들이 거친 울음을 토해내며 우후죽순으로 쓰러져버렸다.

칼라반은 여기서 멈추지 않고 계속해서 검기를 운용했다.

그로울링들도 계속해서 칼라반을 향해 달려들었다.

칼라반의 검기가 선을 그릴 때마다 그로울링들의 피가 함께 허공에 뿌려졌다.

검술의 태(態)를 유지하며 검기를 발산하던 그가 자연스레 검신을 허리선으로 당겼다.

"반월참!"

그의 검이 횡을 그리자 새하얀 검기가 반월 모양으로
뻗어나갔다.

"크웡!!"

"아우우—!!"

[경험치를 획득했습니다.]

[경험치를 획득했습니다.]

…….

단 한 번의 검격으로 십 수 마리의 그로울링들이 죽어
나갔다.

그러나 여전히 붉은 눈동자들은 이 주변을 가득 메우
고 있었다.

이쯤 되면 칼라반에 대한 공포를 느낄 법 하건만 녀석
들은 오히려 사나운 본성을 드러내며 칼라반을 노리고
있었다.

"만만치 않겠군…….”

칼라반은 검술에 검기를 더하며 그로울링들을 사냥하
다시피 했다. 그로울링들의 숫자가 워낙 많다보니 검
을 휘두르는 것 또한 멈출 수 없었다.

콰득!!

[금강지체 스킬이 데미지를 완화시킵니다.]

그로울링의 날카로운 송곳니가 살갗을 파고들려 할
때마다 금강지체 스킬이 발동되었지만 고통이 아예 없
는 것은 아니었다.

녀석들의 송곳니가 스치거나 살점을 물어뜯을 때마다
뜨거운 통증이 밀려왔다. 그래도 금강지체 스킬이 아
니었다면 훨씬 더 치명적인 상처로 남을 뻔했다.

"후웁!!"

검을 휘두른 칼라반이 그대로 몸을 회전시켜 주먹을
내질렀다.

[스킬 질풍수라권을 시전 했습니다.]

파앙!!!

경쾌한 타격음과 함께 그를 물어뜯었던 그로울링이
저만치 나가떨어졌다. 그로울링들의 공격은 그에게 잠
시의 틈도 주지 않았다.

덕분에 칼라반은 검술을 펼치면서도 권과 각(脚)까지
사용해야만 했다.

"후우… 후우…… ."

수라파천공과 여명의 검술을 연달아 사용하는 것도

모자라 천리지청술과 기감 스킬까지 활성화 시켜놓으니 칼라반도 점점 숨이 거칠어지기 시작했다.

몇 차례나 허용한 그로울링들의 공격에 그의 몸에선 여기저기 붉은 핏물이 흘러내리고 있었다.

그럼에도 그는 멈추지 않았다.

끊임없이 이어지는 그로울링들의 공격으로 서서히 한계에 다다르기 시작한 몸은 칼라반으로 하여금 또 다른 성장에 들게 만들어주었다.

그동안 이렇게까지 극한의 상황 속에서 검을 휘두른 적이 없었기에 칼라반은 본능적으로 검술을 자신의 것으로 체화해내고 있었다.

어차피 칠흑 같은 어둠속에서 그로울링들의 모습은 잘 보이지 않았기에 오히려 칼라반은 좀 더 자신에게 집중할 수 있었다. 그로울링과의 치열한 사투 속에서도 자신의 움직임에 집중할 수 있다는 것이 사실은 얼마나 대단한 것인지 칼라반은 알지 못했다.

그러나 그는 여지없이 빈틈을 파고드는 그로울링들을 상대하며 자신의 검술을 차츰 가다듬어가고 있었다.

그렇게 그의 검은 무아의 경지로 빠지듯 본능에 맡겨졌다.

'아직 부족하다……!'

손 마디마디가 저릴 정도로 고통스러웠고, 금방이라

도 검을 놓쳐버릴 것 같았다. 그러나 어느 순간부턴 마치 검과 손이 하나가 된 것처럼 자연스러워짐을 느꼈다.

그뿐만이 아니었다. 검끝에서 뻗어 나오던 검기가 한층 얇아지며 가느다란 실선을 만드는 것처럼 보였다.

슈콰아앙—!!!!

스가각!! 서걱!!

그 순간 그물처럼 퍼진 얇은 검기 다발이 사방에 있는 그로울링들을 단숨에 난자해버렸다.

칼라반은 여기서 멈추지 않고 자연스럽게 아수라에게 배웠던 검술을 펼쳤다. 그가 움직일 때마다 실처럼 얇아진 검기 다발이 아름다운 곡선을 그리며 퍼져나갔다.

동시에 그로울링들의 피가 허공에 뿌려지기 시작했다.

[축하합니다! 검기상인의 상승 경지인 검사(劍絲)를 익혔습니다.]

눈앞에 메시지창이 떠오른 줄도 모르고 칼라반은 지금 이 순간의 느낌을 기억하기 위해 계속해서 검술을 펼쳐나갔다. 그런 칼라반의 모습은 마치 전장 속의 수

라를 연상케 했다. 그리고 마침내 그가 멈춰 섰을 땐 더
이상 살아 숨 쉬는 그로울링은 단 한 마리도 남아 있질
않았다.

 그가 서 있는 대지는 그로울링의 붉은 피로 흥건했고,
칼라반 또한 온 몸이 붉은 피로 뒤덮여 있었다.

〈다음 권에 계속〉